I0562214

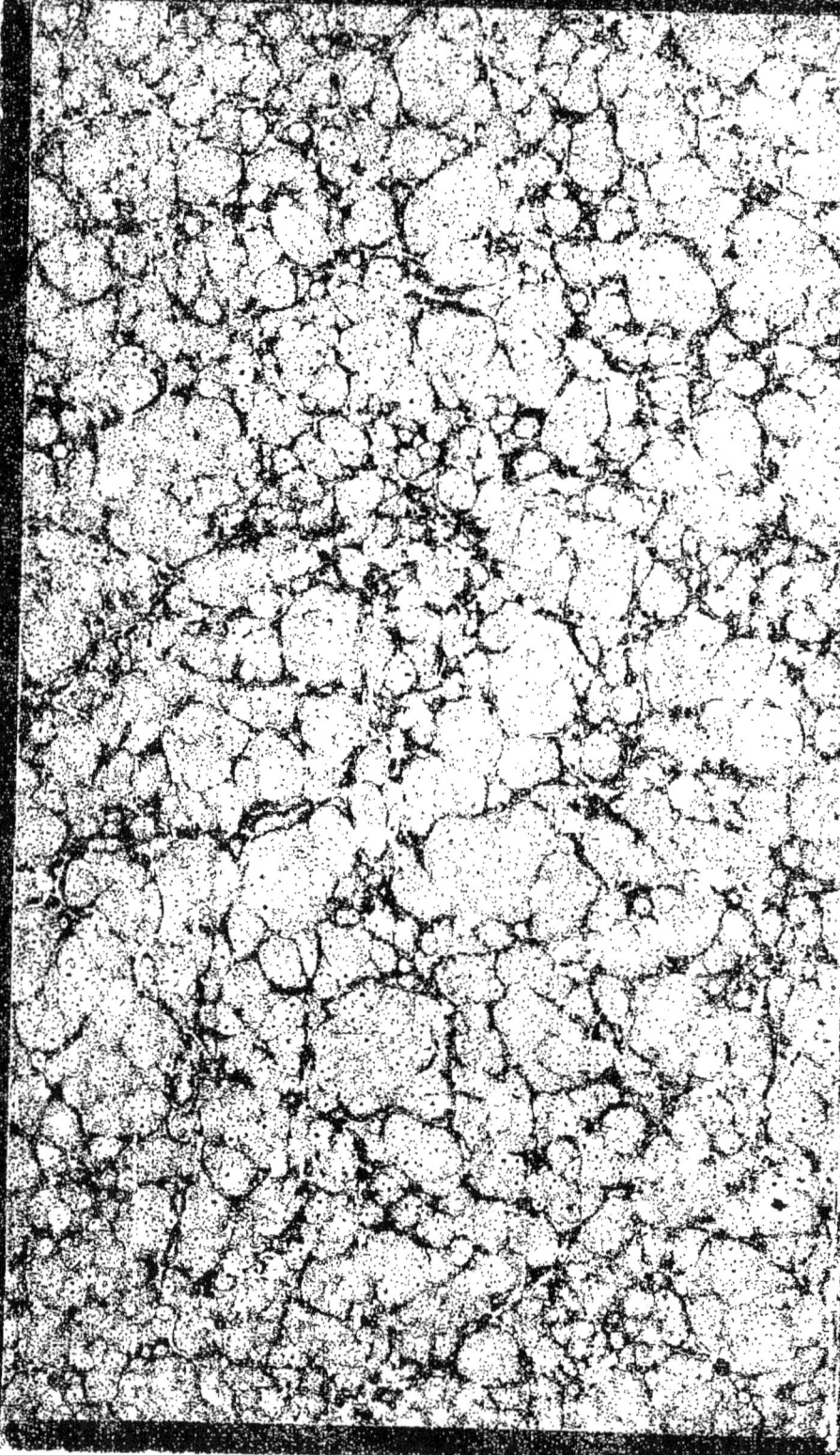

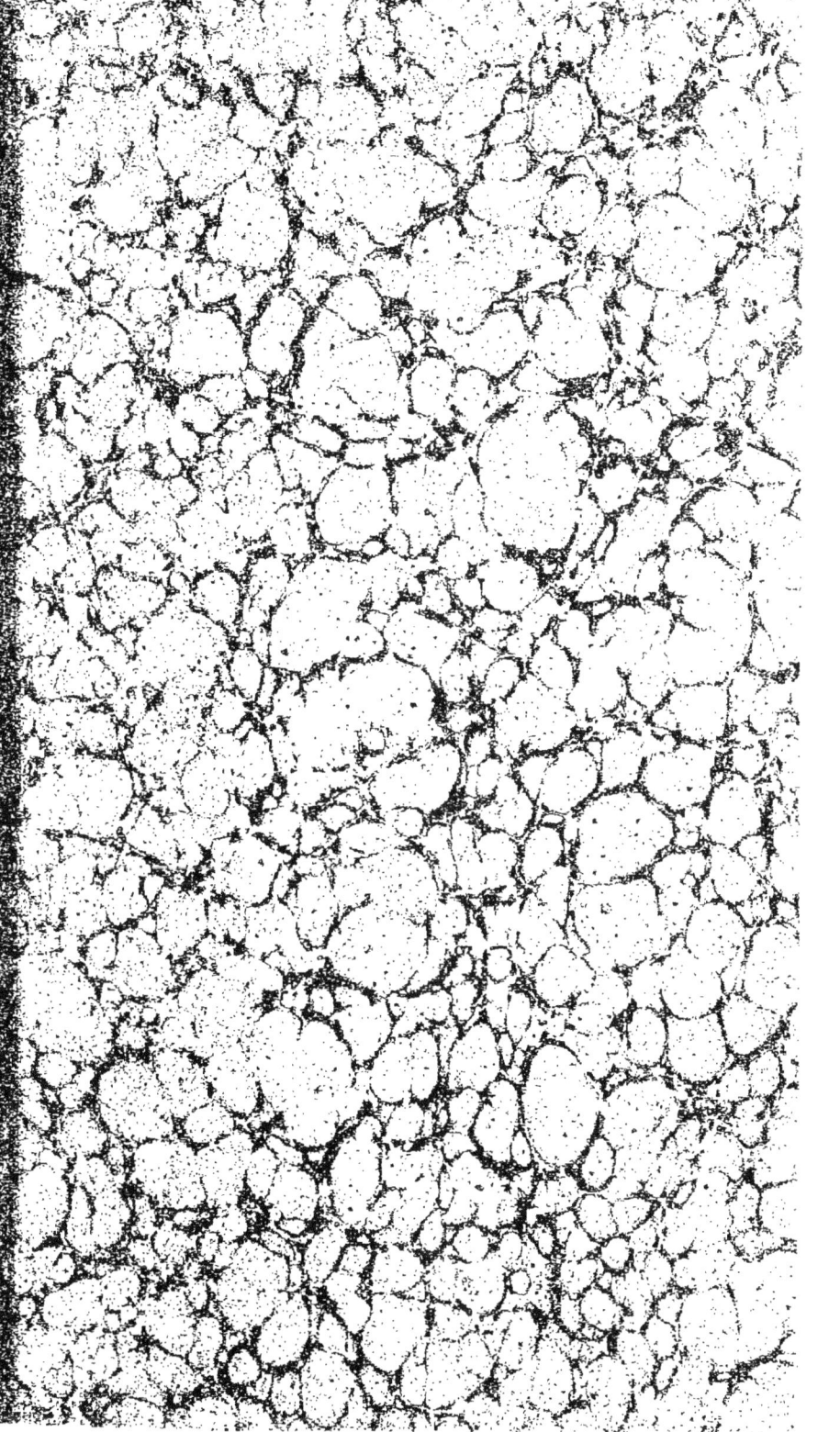

V²

(Par Henri de _Latouche_.)

OLIVIER.

PUBLIÉ

POUR UNE OEUVRE DE CHARITE,

QUI SERA FAITE PAR LES MAINS DE Mᶜ BAUDESSON,

NOTAIRE ROYAL. RUE MONTMARTRE.

IMPRIMERIE DE J. TASTU,

RUE DE VAUGIRARD, N. 36.

OLIVIER.

... Dost thou ask , what secret voe
I bear corroding joy and youth?
In pity from the search forbear.

BYRON.

DEUXIÈME ÉDITION.

BIBLIOTHÈQUE ROYALE

A PARIS,

CHEZ URBAIN CANEL, ÉDITEUR,

RUE SAINT-GERMAIN-DES-PRÈS, N. ().

MDCCCXXVI.

INTRODUCTION.

INTRODUCTION.

———◦◦◦———

Tout le monde a connu la comtesse de R. qui vient de mourir, il y a peu d'années, dans un âge très-avancé. Veuve à dix-sept ans d'un vieil époux qui aurait pu être son père, elle avait, deux ans après, dans tout l'éclat de la jeunesse et de la beauté, épousé en secondes noces M. le comte Olivier de R., que distinguaient sa naissance, sa fortune et tous les avantages personnels. Cet hymen avait été célébré dans un château appartenant à la famille de R.; la société en avait été informée par des avis très-

solennellement et très-régu-
lièrement donnés ; mais les
parens seuls, les plus proches,
avaient assisté à la cérémonie,
et depuis lors on n'apprit plus
rien des deux époux. Seulement on sut, au bout de quelque temps, que le comte de
R. avait disparu. Quelques-
uns parlèrent de sa mort,
d'autres de sa fuite ; mais personne ne put jamais acquérir
à cet égard une certitude.
Madame de R., malgré sa

grande fortune, encore accrue par son mariage, vivait dans la retraite la plus profonde, avec une mère fort âgée et fort infirme. La vie du château de R. était singulièrement monotone ; ceux qui l'habitaient ne se révélaient au dehors que par le bien qu'ils faisaient, et les abondantes aumônes qu'ils répandaient par les mains du curé, le seul étranger qui fût admis dans leur intérieur.

La mère de madame de R. mourut. On dit qu'elle avait été consumée d'un chagrin secret. Madame de R., à peine âgée de vingt-deux ans, ne pouvait rester seule dans une retraite aussi profonde où tout d'ailleurs contribuait à attrister ses souvenirs. Elle fut obligée de revenir à Paris se placer sous la protection de sa tante, la seule parente qui lui restât. Mais, par malheur, cette dame, quoique d'un âge

fort avancé, était de ces personnes qui, seules, ne veulent
pas s'apercevoir qu'elles ont
vieilli. Elle avait tous les goûts
de la jeunesse , et son salon ,
ouvert pendant toute l'année,
n'était pas même fermé dans
les jours de l'été où Paris devient tout-à-fait désert. C'était
donc là un complet change-
ment pour madame de R.
Dès qu'elle parut dans cette
société, elle y fit une profonde
sensation. Veuve, ou du moins

passant pour telle , riche et fort agréable encore , malgré les traces visibles d'un chagrin profond, elle fut bientôt entourée d'hommages, et le fut jusqu'à en être accablée. Mais elle mit dans sa conduite une telle réserve et une mesure si parfaite que, sans blesser personne , elle sut maintenir chacun dans les termes de la convenance la plus exacte et se faire aimer autant qu'estimer. Quoique de nombreuses et brillantes propositions de mariage lui eussent été faites, elle les avait toujours repoussées avec une obstination dont on était d'autant plus surpris, qu'elle ne paraissait fondée sur aucun motif. On ne lui connaissait point d'attachement : le seul homme qu'elle parût distinguer un peu était celui qui écrit ces lignes ; mais jamais il ne vint à l'esprit de personne d'en concevoir même un soupçon injurieux à madame de

R.; je ne fais même cette réflexion que pour ceux qui ne me connaissent pas : ses amis et les miens savent quel lien sacré m'attachait à elle.

Dix ans environ se passèrent ainsi, sans qu'il survînt rien d'important dans la vie de madame de R. Sa position avait d'abord paru assez extraordinaire, et l'on avait long-temps cherché par tous les moyens

possibles à en pénétrer le mystère ; mais depuis que l'âge
lui avait enlevé une partie de
ses agrémens, on avait pris
son parti de la laisser à ses
goûts chéris de solitude et de
retraite.

La révolution vint, et dis-
persa toute la société où vivait
madame de R. Elle se trouva
seule, absolument seule, car
je fus moi-même forcé de
m'expatrier. A mon retour,

mon premier soin fut de me
rendre auprès d'elle. J'y trouvai installé un homme qu'on
appelait seulement *Monsieur*,
sans aucune autre qualifica-
tion. Il portait un habit d'une
extrême simplicité, mais son
air et toutes ses manières
étaient remplis de noblesse :
quoique ses cheveux fussent
entièrement blancs, ses traits
paraissaient plutôt flétris par
les chagrins ou les travaux,
que par les années.

Habitué à recevoir les confidences de madame de R. , et à ne jamais les provoquer , j'attendis qu'elle me parlât de son nouvel hôte ; elle ne m'en dit pas une seule parole.

Quelques années s'écoulèrent sans que madame de R. vît, excepté moi , d'autres personnes que l'étranger. On avait pour lui les plus grands égards ; il était silencieux et recueilli; il ne sortit pas une seule fois de l'hôtel pendant le séjour qu'il y fit. Il en occupait un appartement tout-à-fait isolé; un seul domestique avait le droit d'y entrer : c'était un vieux valet de chambre qui avait eu de tout temps la confiance absolue de madame de R.

Cependant la révolution avait cessé : l'ordre renaissait en France, et l'étranger dis-

parut un jour sans que j'eusse
été plus instruit de son départ que je ne l'avais été de
son arrivée.

J'eus encore la même dis-
crétion que la première fois,
et je vis que madame de R.
m'en savait gré. Elle me dit
même quelques paroles qui
me firent croire qu'elle réser-
vait cette confidence pour un
autre temps.

Depuis cette époque, son existence n'offrit rien de bien remarquable. Seulement elle recevait fréquemment des lettres, que son vieux domestique allait chercher à la poste. Les dernières qui lui parvinrent ainsi parurent lui causer un profond chagrin ; peu de temps après je la vis, ainsi que toute sa maison, prendre le deuil.

Mais elle ne le porta pas

long-temps, car elle fut bientôt saisie d'une maladie in-
flammatoire, et les médecins
jugèrent que son état était
sans remède. Peu de jours
avant sa mort, elle me dit :
« J'ai eu un secret pour vous,
» mon ami ; je vous ai promis
» de vous le révéler ; mais ma
» faiblesse m'en ôte le moyen.
» Je veux cependant acquitter
» ma parole : » alors me montrant une petite cassette qui
était auprès du chevet de son

lit : « Vous trouverez dans
» cette boîte des papiers qui
» vous diront ce que j'ai tou-
» jours voulu vous apprendre,
» sans pouvoir m'y détermi-
» ner. Je n'ai plus que ce
» moyen de vous instruire
» d'un secret que j'aurais dési-
» ré dérober au monde, mais
» que des intérêts sacrés me
» commandent de ne pas
» anéantir avec moi. Je confie
» ce dépôt à votre discrétion
» et à votre amitié, car il ne

» me regarde pas seule , il
» concerne encore une autre
» personne....... » Je vis que
cette pensée l'oppressait. Elle
ne put achever cette conversation; le soir même elle n'exis-
tait plus.

Abîmé de douleur par la
perte de ma meilleure amie ,
je ne songeai à ouvrir ce coffre
mystérieux que lorsque ce
soin fut devenu impérieuse-
ment nécessaire pour l'exé-

cution et même pour l'intelligence de l'acte qui contenait
l'expression de ses dernières
volontés. J'y trouvai des lettres, des actes, des extraits,
dont la lecture me causa un
étonnement inexprimable. Je
compris très-bien le motif de
la réserve qu'elle avait eue
pour moi, et j'avais résolu
de garder éternellement le secret dont elle me rendait dé-
positaire. Mais le soin de sa
mémoire et une affaire mal-

heureusement trop célèbre,
m'obligèrent à mettre quelques personnes ainsi que les
magistrats d'un tribunal de
province dans la confidence
de plusieurs de ces pièces.
Je fus même obligé de m'en
dessaisir quelques momens,
et je ne fus pas peu surpris
en apprenant qu'il s'en pu-
bliait secrètement des extraits.
Comme ils étaient tous d'une
infidélité manifeste et défigu-
rés de la manière la plus gros-

sière, je crois remplir un devoir en rectifiant des erreurs
accréditées par la malveil-
lance, ou tout au moins par
une ignorance maladroite qui
voulait spéculer sur la curiosité publique *.

C. DE B...Y.

* Les termes de ce récit, qui est de
la plus exacte fidélité, sont, le plus
souvent, empruntés aux lettres écrites
par les personnages qui y figurent; j'ai
même cru devoir rapporter textuelle-
ment ces lettres toutes les fois qu'elles
m'ont paru pouvoir, sans inconvénient,
entrer dans ma narration.

OLIVIER.

OLIVIER.

OLIVIER, comte de R., ve-
nait d'obtenir du Roi le régiment de..., objet de l'ambition
de tout ce qu'il y avait de

colonels. Tous les protecteurs
et toutes les puissances de la
cour avaient été employés
en cette circonstance, et on
ne fut pas médiocrement surpris, quand on apprit que la
préférence avait été donnée à
l'un des plus dignes, mais à
l'un des moins protégés.

Lorsque la nomination fut
faite, on crut découvrir qu'elle
était due en grande partie
à la baronne de B., qui

avait un grand crédit au-
près de M. de Maurepas, et
qui avait pris à cette affaire
un intérêt tout-à-fait particulier.

Parmi les compétiteurs du
colonel de R., il en était un,
M. le marquis de St.-H., qui,
soit qu'il eût plus de droits,
ou plus de justes espérances,
témoignait plus haut que personne l'humeur qu'il en éprouvait, et le faisait même en ter-

mes assez injurieux pour son rival préféré. Ce dernier en fut informé, et il écrivit à M. de St.-H. qu'il serait à ses ordres aussitôt qu'il le voudrait.

La rencontre eut lieu peu de jours après ; M. de St.-H. était connu pour son adresse à l'escrime, et c'est un talent dont il avait eu à faire un trop fréquent usage. Olivier ne s'était jamais battu qu'à l'armée. Les deux champions étaient dignes l'un de l'autre, mais il était évident que M. de St.-H. avait sur Olivier l'avantage d'une plus grande habitude et d'une main plus exercée. Aussi, ce dernier se tenait-il sur la défensive, content de parer les coups avec une grande adresse, et surtout avec un imperturbable sang-froid. Comme M. de St.-H. s'animait encore par la résistance imprévue qu'il éprouvait, il fit des fautes dont Olivier profita avec

beaucoup d'habileté en le
blessant au bras, de telle façon qu'il lui devint presque
impossible de se servir de
son épée. Il était dès-lors à la
disposition absolue de son
adversaire, qui tout aussitôt
cessa le combat.

Cette affaire avait excité une
extrême curiosité. Tous ceux
dont les espérances avaient
été trompées y prenaient un
intérêt fort naturel, et il est

permis de douter qu'ils aient
fait des vœux bien fervens
pour Olivier. Ce fut donc avec
un étonnement mêlé de chagrin qu'ils virent l'avantage
qu'il avait obtenu.

Cette aventure eut, comme
on peut le croire, un grand
éclat, et fit un honneur infini
à celui qui en était le héros. Il
devint l'objet d'un intérêt général ; comme la bravoure
et l'adresse dont il venait de

faire preuve étaient encore
rehaussées par l'attitude la
plus modeste, et par ce qu'on
apprit des soins dévoués
qu'il avait donnés à M. de
St.-H., les succès qu'il ob-
tint ne tardèrent pas à devenir de l'engouement. Tout,
à cette époque, était déjà tellement agité en France qu'il
n'y avait plus de place dans
les esprits pour les sentimens
calmes : l'estime était bientôt
de l'enthousiasme, comme

le dénigrement devenait de
la fureur.

Parmi les personnes qui lui
furent acquises en cette occasion, le chevalier de St.-H.,
guéri de sa blessure, fut un de
ceux qui lui témoignèrent les
plus grands empressemens.
Une étroite amitié se forma
désormais entre eux, et ils
avaient en effet tout ce qui
peut fonder des liaisons dura-
bles, c'est-à-dire des incon-

véniens comme des avantages
tout-à-fait opposés.

Olivier était blond, d'une
agréable figure; plus d'une
femme se serait fait honneur
de son teint. Son caractère
naturellement lent et froid, ne
s'animait que dans les gran-
des occasions, mais en quelque sorte le plus tard possible,
et son esprit ressemblait à
son caractère ; rempli de
connaissances, d'instruction,

il paraissait sommeiller pour
ne se réveiller que par intervalles. Du reste , élégant et
noble dans toutes ses ma-
nières , il possédait presque
toutes les qualités qui font un
cavalier accompli. C'était un
homme duquel on aurait pu
dire, comme autrefois de M.
de Longueville, qu'il ne lui
manquait que des défauts.

Ce n'étaient pas les défauts
qui manquaient à M. César de

St.-H., mais il n'avait pourtant que ceux qui, prenant
leur source dans la légèreté
d'esprit, ne sont point incom-
patibles avec un bon cœur et
une ame honnête. César était
aussi impétueux et aussi bouil-
lant qu'Olivier était flegma-
tique et réfléchi. L'un parlait
et agissait même souvent avant
d'avoir pensé; l'autre semblait
être, au contraire, livré à une
méditation et à une incertitude continuelles. Dans la

plupart des actions de leur vie, l'un était la tête, l'autre le bras, et tous deux s'étaient souvent fort bien trouvés de cette association.

La confiance était entière et réciproque entre les deux amis... excepté sur un point, sur le chapitre de leurs amours. César racontait tout en ce genre à Olivier, et il amplifiait même plutôt qu'il ne retranchait; Olivier au contraire

était en cela d'une grande réserve et mystérieux à l'excès.
César l'en plaisantait souvent,
il l'en grondait même quelquefois; mais comme il prenait ce
silence pour une discrétion
exagérée, son amitié ne s'en
offensait pas. Autant Olivier
était secret à cet égard, autant
César était inconséquent et
léger. Son bonheur amoureux
aurait même perdu la moitié
de son prix si le monde n'en
eût point été informé, aussi

avait-il grand soin de faire en sorte qu'on n'ignorât aucun de ses trophées. Il tenait très-exactement état de toutes les lettres qu'il recevait; il les faisait copier soigneusement avec dates, apostilles, tables et commentaires sur un registre particulier. Il avait sur ce point, et, dit-on, sur ce point seul, un ordre véritablement admirable, disant que cela le mettait fort à son aise lorsqu'il fallait *en finir*. Il citait avec

complaisance tous les tours
qu'il avait faits, ne se faisant
aucun scrupule d'orner un peu
la vérité. Il lui arrivait même
quelquefois de s'emparer des
anecdotes anonymes qu'il re-
cueillait, pour peu qu'elles
lui parussent piquantes, et à
force de les répéter, il finis-
sait par se persuader qu'elles
étaient devenues *sa propriété*.
C'est peut-être dans ce nom-
bre qu'il faut placer une de
celles qu'il racontait avec le

plus de plaisir et dont il était
le plus fier. Il avait eu, disait-
il, une correspondance de
deux mois avec une personne
dont il avait essayé et fait la
conquête par vengeance. Il en
avait reçu plus de cinquante
lettres auxquelles il avait ré-
pondu sans les ouvrir, et lorsque l'explosion arriva il eut la
satisfaction bien douce de pouvoir les lui renvoyer comme
il les avait reçues, c'est-à-dire
toutes cachetées.

Chacun appréciera de semblables procédés selon ses impressions particulières. Certes, de nos jours, ils seraient jugés plus sévèrement qu'à l'époque dont nous parlons, mais alors ils étaient sinon excusés, du moins expliqués par l'exemple. On les blâmait peut-être tout haut, mais on en riait tout bas, et quelques-unes des femmes qui avaient le plus crié à *l'horreur*, se disaient qu'il fallait avoir un mérite

bien particulier pour être en
droit de tenir une semblable
conduite. On assure même
que plusieurs, après avoir té-
moigné la plus bruyante in-
dignation contre « les registres
et les copies certifiées, » sont
venues elles - mêmes grossir
le volume de ces archives
amoureuses.

A cela près, M. de St.-H.
était, sur tout le reste, un
homme d'honneur et d'une

délicatesse accomplie. On a
parlé de sa bravoure ; elle n'é-
tait surpassée par aucune autre ; il était même susceptible
d'application à des affaires sé-
rieuses. Il avait quelque temps
résidé, en qualité de cavalier
d'ambassade, auprès de son on-
cle, envoyé de France à..... et
il avait su prendre assez d'empire sur lui-même pour réussir
on ne peut davantage au milieu
d'une nation sérieuse et réflé-
chie : il y avait soutenu de la

manière la plus distinguée le
caractère du véritable gen-
tilhomme français.

Nous avons dit comment
l'amitié la plus vive s'établit
entre ces deux jeunes gens. Olivier blâmait souvent César de
sa conduite, et ce dernier plaisantait son ami sur sa sagesse
ligne des temps antiques, mais
qui, selon lui, était presqu'un
travers à l'époque où ils vi-
vaient. « Crois-tu, disait Oli-

» vier, trouver le bonheur dans
» toutes ces dissipations?—Le
» bonheur? je ne sais, mais le
» plaisir à coup sûr, et rien
» n'approche plus du bonheur
» que le plaisir. — Rien n'en
» est plus loin, mon ami, car
» le vrai bonheur n'existe
» que dans l'accomplissement
» de tous les devoirs, et le
» plaisir ne se trouve guère
» que dans leur violation. —
» Eh! crois-tu donc en dégoû-
» ter par là? — Non pas des

» étourdis comme toi; mais
» la raison te viendra peut-
» être quelque jour, et tu seras
» alors de mon avis. — Cela
» m'étonnera bien moi-même;
» dans tous les cas, je tâche-
» rai que ce soit le plus tard
» possible. »

Leurs entretiens roulaient
souvent sur le mariage. Olivier s'en montrait tout-à-fait
le partisan en théorie, tandis
que César en était l'ennemi

déclaré. « Si, comme on n'en
» saurait douter, le véritable
» amour ne peut naître que
» de l'estime, disait Olivier,
» comment le concevoir hors
» des liens du mariage? — Il se-
» rait fort doux sans doute de
» pouvoir estimer ce qu'on
» aime, mais il n'est pas tou-
» jours aussi aisé d'aimer ce
» qu'on estime, et d'ailleurs
» l'amour est-il un sentiment
» qui raisonne? — C'est aussi
» là ce qui fait qu'il est la cause

» de tant de folies, bien plus
» de la plupart des mal-
» heurs des hommes. Eh!
» combien n'en avons-nous
» pas vus dont il a causé la
» ruine et changé toutes les
» destinées? combien de fois
» n'a-t-il pas arrêté l'essor du
» talent, du génie même? qui
» ne sait les maux qu'il a causés,
» les désordres qu'il a pro-
» duits? — Et pourquoi ne pas
» parler des vertus qu'il a ins-
» pirées? — Parce qu'elles ne

» sont que des exceptions, et
» que tout autre enthousiasme
» dans un cœur noble les au-
» rait également fait naître. —
» Que de belles actions n'a-
» t-il pas produites? — Que de
» crime n'a-t-il pas enfantés?
» — Il élève l'ame. — Il abaisse
» la raison. — Il exalte l'esprit.
» — Il flétrit le cœur. — Il en-
» flamme. — Il dévore. »
Eh ! qui songe à nier le
pouvoir de l'amour, continuait Olivier ; mieux que

personne peut-être je connais toute sa puissance, (et
il disait ces mots avec un
accent particulier) « mais ne
» peut-on le concevoir que
» dans des liens illégitimes
» que le bon ordre et la so-
» ciété désavouent? Oui, le vé-
» ritable amour n'est que dans
» le mariage, et peut-on alors
» imaginer quelque chose au
» monde de plus doux? — Oui
» s'il pouvait exister, mais
» rien n'est plus rare que d'en

» trouver des exemples, de-
» puis que l'hymen est devenu
» un arrangement d'ambition
» pour les familles, une spé-
» culation comme une autre,
» où celle des convenances
» qu'on consulte le moins est
» celle des époux l'un pour
» l'autre. Dès que le mariage
» devient un devoir, il ne peut
» tarder à devenir une chaîne.
» — Et l'amour n'en est-il pas
» une souvent bien plus pesan-
» te encore? Mais celle-là du

» moins, elle est toujours sup-
» portable, parce qu'elle est
» volontaire. »

Ainsi raisonnaient les deux
amis, et chacun mettait fort
exactement en pratique les pré-
ceptes qu'il professait. César
faisait tout pour mériter chaque jour davantage sa réputation qui était presque arrivée au point de ne pouvoir plus
croître. La constance était devenue pour lui un être de rai-

son; il ne trouvait plus de
bonheur que dans le change-
ment, et telles étaient les
mœurs de cette époque, qu'on
n'attirait sur soi aucun blâme
tant qu'on ne trompait que....
des femmes.

Quant à Olivier, son existence était toute différente;
quoiqu'il vécût au milieu de
la société, on n'avait pas
remarqué qu'il eût encore
formé aucune sérieuse liaison

de cœur. On avait un moment
parlé de ses rapports avec la
baronne de B.; on avait dit
que cette dame n'avait été rien
moins qu'étrangère à son avan-
cement; mais comme, depuis
cette époque, elle paraissait
aussi déclarée contre lui qu'elle
lui avait été autrefois favorable, comme elle se permettait
même sur son compte d'assez
amères ironies, tous les discours qui avaient été tenus
étaient maintenant tombés, et

personne ne pouvait nommer
une femme à laquelle on pût
même soupçonner qu'il eût
adressé des hommages parti-
culiers. Sa rigidité de principes était connue, et l'on trouvait même quelquefois qu'elle
allait jusqu'à la rudesse. Ainsi,
quoiqu'il aimât beaucoup la
société des femmes, il professait un profond dédain pour
celles qui étaient seulement
soupçonnées d'avoir eu quelque faiblesse. Jamais il ne leur

eût adressé une seule parole,
tandis qu'il montrait les empressemens les plus vifs pour
celles dont la vie était sans
reproche. Les jeunes personnes étaient aussi l'objet de son
culte particulier. Alors sa conversation, ordinairement froide et sérieuse, s'animait
comme par enchantement; il
déployait toutes les grâces et
toutes les ressources de son
esprit qui étaient infinies, et
tandis que les prudes et les

coquettes lui établissaient une réputation de pédantisme et d'impertinence, les femmes de bien et les femmes âgées faisaient de lui des éloges sans fin et sans mesure ; mais comme les propos légers et mondains font plus de bruit et de chemin que les éloges, et qu'il existe dans une foule d'esprits une disposition naturelle à consacrer un ridicule, Olivier passait pour une espèce de sauvage, ou au moins pour un homme à part, dont les mœurs et les habitudes étaient celles d'une autre époque.

Il en était tout autrement pourtant que le monde ne le croyait, et cet homme, en apparence froid et insensible, éprouvait tous les sentimens d'un amour d'autant plus violent qu'il était plus secret et plus concentré.

Cependant César, que jus-
qu'alors aucun attachement
n'avait pu fixer, avait tout
d'un coup perdu sa pétulance
et son éclat. Il avait vendu sa
petite maison de la rue de Po-
pincourt; il n'était plus d'au-
cuns soupers; à peine le voyait-
on au spectacle, et s'il y allait
encore quelquefois, ce n'était
plus comme jadis, pour y être
remarqué, c'était au contraire
avec un sentiment très-visible
de crainte d'y être aperçu

Caché derrière une colonne ou
dans une place obscure, il paraissait y être dans une con-
templation inquiète , mais
beaucoup moins pour ce qui
se passait sur la scène, que
pour ce qui se passait dans la
salle. On répandait partout
qu'il était sérieusement amoureux, et pour échapper aux
plaisanteries dont il était l'objet, il avait pris le parti d'une
retraite absolue. Olivier lui-
même ne le voyait qu'à de ra-

res intervalles; il était évident
qu'il se passait en lui quelque
chose de nouveau. Olivier,
avec toute la discrétion habi-
tuelle de son caractère, mais
avec toute la chaleur de son
amitié, l'avait quelquefois
pressé de questions. Alors
César affectait de détourner
l'entretien, et Olivier n'insis-
tait plus. Enfin, un jour qu'il
entrait chez son ami, il en vit
sortir un homme qu'il connaissait pour appartenir à la

baronne de B., et qui était chargé de sa confiance particulière. Olivier en fit la remarque à César qui fut tout-à-coup saisi d'une si grande confusion et couvert d'une telle rougeur, qu'un aveu formel n'aurait pas été plus expressif. César voulut cependant balbutier quelques paroles d'explication, mais elles étaient si gauchement exprimées, qu'Olivier crut devoir venir à son secours en changeant

de conversation ; et il se retira
non sans faire de profondes
réflexions sur la faiblesse hu-
maine, et sur la facilité avec
laquelle un homme qui s'était
joué du repos de tant de femmes estimables, tombait tout-
à-coup dans les fers d'une des
coquettes les moins séduisan-
tes et les moins faites pour
captiver un honnête homme.

La baronne de B. était reçue dans la meilleure société.

Belle autrefois, elle avait depuis long-temps passé l'âge de la jeunesse, mais elle se soutenait encore par un art infini dans sa toilette et dans l'ajustement de toute sa personne. Pendant qu'elle était jeune encore, toutes les malices de son esprit, ses perfidies, ses trahisons, avaient presque paru des grâces, et la supériorité qu'elle avait par sa beauté la rendait plus indulgente

et plus disposée à la bienveil-
lance; mais depuis que ses
charmes étaient un attrait
moins puissant, elle avait
cherché à gagner par son esprit ce qu'elle perdait en avantages extérieurs. Son savoir
était devenu du pédantisme,
ses malices des méchancetés,
ses envies de plaire une jalou-
sie féroce, et ses grâces des
grimaces. Fort sévère à l'é-
gard des autres femmes, elle
passait pour l'avoir été envers

elle-même, et elle accré-
ditait cette renommée par un
rigorisme tellement excessif,
qu'elle était devenue une espèce de casuiste féminin dont
les arrêts étaient souverains.

Telle était la femme qui
avait enchaîné la liberté d'un
des gentilshommes les plus
agréables et les mieux faits,
de l'un de ceux surtout qu'il
paraissait le plus difficile de
fixer. Étrange destinée des

hommes de ce caractère,
qui fait qu'ils se laissent ainsi
prendre à des piéges si peu
dangereux qu'un écolier les
eût évités ! Ne faut-il pas cependant, tout en les plaignant,
reconnaître cette justice éter-
nelle qui les pousse ainsi vers
un écueil où ils ont eux-mê-
mes attiré tant de victimes ?

Cependant, par un chan-
gement assez étrange, ma-
dame de B. semblait, depuis

quelque temps , rechercher
Olivier avec autant de soin
que César paraissait en mettre
à le fuir : elle se rendait partout où elle pouvait avoir l'espérance de le rencontrer , et
avait pour lui des prévenan-
ces qui devaient surprendre
d'autant plus , qu'elle avait
agi précédemment d'une manière complètement opposée.
C'était pour lui seul qu'elle
adoucissait la disposition sati-
rique de son esprit , et il était

évident qu'elle voulait se l'acquérir pour ami ou plutôt
pour allié.

C'était mal connaître Olivier, et tous ces efforts eurent
un effet complètement inver-
se de celui qu'elle en espérait.
Olivier cherchait un motif à
tant d'attentions et savait
qu'il ne pouvait être bon ;
mais il ne pouvait le découvrir, tant il était loin de
soupçonner la vérité, lors-

qu'il apprit dans le monde qu'on parlait du mariage prochain de M. César de St.-H. avec madame Ernestine de B.

A cette nouvelle, Olivier stupéfait éprouve les plus vives angoisses. Il ne peut laisser s'achever cet hymen, et connaît trop bien ceux qu'il doit unir pour ignorer à quel point il convient peu à son ami. Il a pour le rompre un

moyen qu'il regarde comme
sûr , mais dont l'emploi
est délicat et peut être dangereux pour lui-même, surtout avec une femme du caractère de madame de B. Il
a conservé plusieurs lettres
d'elle écrites dans la confiance
d'une complète intimité, et
qui prouvent que la sévérité
de principes dont elle se vante
s'est humanisée au moins une
fois.

Mais fera-t-il usage de ces lettres ? Outre sa répugnance bien naturelle pour un pareil procédé, il sait combien cette révélation exciterait la haine de madame de B., qui n'était contenue dans le sentiment d'aversion qu'elle avait contre lui que parce qu'elle savait qu'il avait sur elle cet avantage; mais une fois qu'il en aurait fait usage, le courroux de la Baronne n'aurait plus de bornes, et il avait

toujours paru avoir des raisons
de le redouter beaucoup.

Il n'hésite pas cependant,
et se rend chez son ami.
César est absent ; César,
dit-on, ne rentrera pas de la
journée. « Je l'attendrai donc,
» dit Olivier, jusqu'à ce qu'il
» soit de retour, dussé-je pas-
» ser la nuit et coucher sur
» une chaise. » Ces paroles
semblèrent déconcerter un
peu le valet de chambre à qui

elles s'adressaient. Il entre
dans une des pièces écartées
de l'appartement, et peu d'ins-
tans après César lui-même
arrive, tout confus, en disant
que ses ordres avaient été mal
compris ou mal exécutés. Olivier, sans ajouter à son embarras et lui prenant la main avec
une affection tendre: « Vous
» vous éloignez de moi, mon
» ami, vous me fuyez quand
» vous avez peut-être plus que
»jamais besoin de mes conseils.

» Je vous ai laissé à votre iso-
» lement tant que j'ai cru votre
» passion pour madame de B.
» une flamme passagère, qui
» s'évanouirait comme tant
» d'autres ardeurs que vous
» avez éprouvées ; mais la
» durée de celle-ci, son ca-
» ractère particulier et certains
» bruits de mariage qui se ré-
» pandent, ne me permettent
» pas de garder un plus long
» silence, et je viens vous de-
» mander à vous-même, Cé-

» sar, ce que je dois penser
» de tout ce qui se passe. Je
» puis vous pardonner de vous
» séparer d'un monde pour
» lequel vous étiez fait, du
» meilleur ami que vous ayez
» sans doute ; mais, ne fût-
» ce que par intérêt pour vous,
» ne contractez pas, je vous
» en conjure, un lien qui ne
» vous convient sous aucun
» rapport. — Il faut être bien
» désœuvré, répondit César,
» pour s'occuper autant de

» moi, et bien méchant pour
» noircir la réputation d'une
» personne aussi distinguée
» que celle dont on parle si
» légèrement. — Il me semble
» que je ne vous ai encore rien
» dit de sa réputation, César,
» ni de tout ce qu'on en répand
» à tort ou à raison; mais vos
» paroles même me prouvent
» que mon opinion sur elle
» est celle qu'en ont aussi bien
» d'autres que moi, et que
» vous n'ignorez pas ce qu'on

» en pense. Seulement j'ai
» peut-être plus de raisons
» qu'un autre de savoir à quoi
» m'en tenir sur son compte.
» — Plus de raisons ! Qu'en-
» tendez-vous par-là, s'écria
» César avec feu; expliquez-
» vous, je vous prie, et ne
» vous rendez pas ainsi l'écho
» de toutes ces calomnies qu'il
» n'appartient jamais à un
» homme d'honneur d'ac-
» cueillir sans preuve. — Dans
» toute autre situation que

» celle où nous nous trouvons,
» ces paroles auraient pour
» moi une autre valeur que
» celle que je leur donne et
» un autre effet que celui qu'el-
» les produiront ; elles au-
» raient pu terminer notre
» amitié par les mêmes moyens
» qui l'ont commencée. Mais
» je vous arrêterai sur-le-
» champ en vous disant que
» les mots injurieux pronon-
» cés par vous, quelle qu'en
» ait été l'intention, ne peu-

» vent en aucune manière s'ap-
» pliquer à moi. Vous avez
» parlé de ceux qui calomnient
» en accusant sans preuves :
» je ne suis pas dans ce cas,
» puisque j'ai entre les mains
» les preuves écrites de tout ce
» que j'avance. — Écrites, dit
» César avec un mouvement
» convulsif, cela est impossi-
» ble. — J'aurais voulu, pour
» vous et pour moi, que vous
» vous fussiez épargné des
» expressions qui finiraient par

» avoir trop de gravité si je
» ne les arrêtais pas bien
» vite. Puisque vous semblez
» douter de moi et de ce que
» j'avance, lisez. » Et lui re-
mettant alors quelques lettres
qu'il portait avec lui : « Lisez,
» vous dis-je, cette écriture est
» celle de la Baronne, et c'est
» à moi, à moi-même qu'elle
» écrit. » César, saisi d'un
tremblement soudain, essaya
pendant quelque temps de
lire, bien que le trouble qu'il

éprouvait lui permît à peine de
rien distinguer. La confusion
et le désespoir rougissaient
et pâlissaient alternativement
son visage pendant cette scène.
Lorsqu'enfin il eut achevé, se
jetant au cou d'Olivier et fon-
dant en larmes : « O mon ami,
» dit-il, quelle femme j'allais
» épouser ! — Quoi ! mon pau-
» vre César, il est donc vrai, et
» c'est de votre bouche même
» que je l'entends ! — Que
» vous dirai-je, mon cher

» Olivier ? elle m'avait enlacé
» avec tant d'adresse ; elle
» avait su prendre sur mes
» volontés un tel empire par
» l'opinion qu'elle m'avait ins-
» pirée de sa sagesse et de sa
» vertu ; elle m'avait enfin tel-
» lement subjugué, que, hors
» mon amitié pour vous qu'elle
» avait vainement essayé de
» combattre et d'altérer, elle
» avait su me réduire à ne
» penser que par elle, à ne
» voir que par ses yeux et à

» n'agir que par son impul-

» sion. — Je ne m'excuse à

» mes yeux de vous avoir ainsi

» montré sa perfidie que par

» la nécessité où vous m'avez

» réduit ; mais que ce secret

» reste à jamais enseveli entre

» nous. Faites en sorte de vous

» détacher d'elle insensible-

» ment ; mais surtout que

» mon nom ne soit jamais pro-

» noncé par vous dans les dé-

» bats orageux qui doivent

» suivre votre séparation.

» Comptez-y; mais dites-moi,
» je vous prie, quelle est la
» nature des torts qu'elle vous
» reproche dans les dernières
» de ses lettres. Il faut qu'ils
» soient bien grands pour mé-
» riter tout le courroux dont
» elle vous accable. — Ah! dit
» Olivier avec une espèce
» d'embarras mal déguisé, c'est
» ce que je ne saurais vous
» expliquer dans ce moment;
» mais oubliez cette dernière
» lettre, et jugez seulement

» par les autres de ce que pour-
» rait être, comme épouse,
» une femme qui, après s'être
» abandonnée avec si peu de
» réserve et de modestie, ou-
» trage avec une aussi horri-
» ble violence ce que la veille
» elle adorait encore. » César,
confus, pensif et humilié, avait
les yeux fixes, la tête immobile, et regardait sans voir,
quand sortant tout-à-coup de
cette espèce de léthargie :
« C'en est fait, dit-il, ma ré-

» solution en est prise, n'y
» songeons plus, soyons hom-
» me! » Il embrassa de nouveau son ami avec effusion, et
ils se séparèrent.

Depuis ce jour, les deux
jeunes gens ne s'étaient pas
vus, et Olivier, assez impa-
tient d'apprendre le résultat
de la scène qui se préparait,
devait croire que la rupture
avait eu lieu, quand il reçut
un billet imprimé annonçant

que M. le comte César de St.-
H. était marié à Madame la baronne de B., et que la béné-
diction nuptiale leur avait été
donnée le jour même en l'é-
glise de Saint-Philippe du
Roule. Du reste, pas une ligne de la main de César, et
seulement, de la part de Madame la baronne de B., un
billet particulier ainsi conçu :

« Je sais trop le plaisir que
» vous causera mon mariage

» avec M. de.... pour n'être pas
» très-empressée de vous en
» donner avis. Je n'ignore pas
» toute *la part* que vous y avez
» prise, et je serais trop in-
» grate si je n'en gardais pas
» une *reconnaissance éter-*
» *nelle*. Vous pouvez joindre
» ce billet à ceux que vous
» possédez; il augmentera une
» collection dont vous avez fait
» un si digne et surtout un si
» utile emploi. »

Il n'était pas difficile de comprendre tout ce que ces mots renfermaient de haine et de menace ; mais le chagrin qu'en eut Olivier le rendit inaccessible à tout autre sentiment. Il ne tarda pas à éprouver les funestes effets de la vengeance qui lui était annoncée, car il perdit tout-à-fait son ami. Il n'entendit plus parler de César, et cette peine, l'une des plus vives qu'il ait ressenties, laissa

dans son ame une impression
de tristesse qui ne s'est jamais
effacée.

Hélas! il fut bientôt, à son
tour, vengé d'une manière bien
cruelle : trois mois s'étaient à
peine écoulés qu'il reçut de
César un billet ainsi conçu :

« Vous aviez raison, et trop
» raison, mon cher Olivier;
» je suis le plus malheureux
» des hommes, et pour com-

» ble de maux, j'ai mérité mon
» malheur. Je fuis la France,
» et je n'y regrette que vous;
» soyez heureux, mais vous
» avez au monde une ennemie
» irréconciliable, et pour sur-
» croît de fatalité, elle porte
» mon nom. Elle paraît avoir
» sur vous des avantages dont
» elle cherchera certainement
» à profiter, et son esprit mal-
» faisant n'est que trop ingé-
» nieux à nuire : je crains
» qu'elle ne cherche à se ven-

» ger sur vous du mal qu'elle
» m'a fait et de celui qu'elle
» ne pourra plus me faire. Mé-
» fiez - vous d'elle et de sa
» haine, c'est le seul et der-
» nier avis que puisse vous
» donner votre ami, qui serait
» bien coupable s'il n'était en-
» core plus à plaindre. »

CÉSAR.

Olivier apprit, peu après
cette lettre reçue, et par les
gens que César avait congé-

diés, qu'il était parti pour aller servir comme volontaire dans l'armée du général Rochambeau. Depuis lors, on n'en a plus jamais entendu parler.

Cependant les prédictions et les menaces de madame de B. n'avaient pas été vaines. Peu de jours après le départ de son mari, elle avait recommencé à aller dans le monde, et cette inconvenance avait été géné-

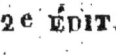

ralement sentie. De plus, au
lieu de donner, sur l'absence
de M. de St.-H., des raisons
dont on pût être satisfait,
elle s'en expliquait avec une
légèreté et une indifférence
qui paraissaient choquantes à
l'excès. Peut-être y aurait-il
quelque exagération à dire que
l'acharnement de sa haine pour
Olivier l'aveugla au point de
lui faire abandonner la réserve
politique qu'elle avait gardée
si long-temps, et qui lui avait

d'abord si bien réussi; mais
il paraît certain que c'est l'impatience de son ressentiment
qui l'entraîna à braver comme
elle le fit tous les usages re-
çus, en se montrant dans la
société où elle ne pouvait faire
un pas sans exhaler contre lui
son courroux, dont l'expression constante et monotone
devenait véritablement fati-
gante. La méchanceté ne
trouve d'écho que lorsqu'elle
est habile, et elle cesse d'ê-

tre habile quand elle est opi-
niâtre. On ne sait si madame
de B. parvint à ranger beaucoup de femmes dans son
parti, mais on peut assurer
que fort peu d'hommes mar-
chèrent sous sa bannière. Quel-
ques-uns d'abord, soit politesse pour elle, soit mauvaise
disposition pour l'objet de
sa fureur, voulurent essayer
de joindre leurs clameurs aux
siennes; mais Olivier eut avec
eux, et surtout avec l'un

d'eux, une explication qui
òta pour long-temps aux plai-
sans l'envie de s'occuper de
lui, et même il eut la satisfaction de voir qu'on fermait à
madame de B., par des froi-
deurs marquées, plusieurs maisons où il continuait d'être
reçu avec le plus vif empres-
sement.

Pendant ce temps, elle entourait son ennemi d'une sur-
veillance telle que toutes ses

actions lui étaient connues, que
souvent ses lettres lui parve-
naient ouvertes, et que M. Le-
noir n'avait pas à beaucoup près
une police aussi exactement
servie; mais comme rien ne
faisait redouter à Olivier cette
inquisition, il la supporta assez long-temps d'assez bonne
grâce, ne voulant pas donner
à cette femme le petit plaisir
de penser qu'il pût en être
seulement impatienté.

Il avait ardemment désiré
de partir pour aller retrou-
ver et consoler le pauvre César; mais telle était alors,
comme toujours, l'impatience
guerrière de la jeune no-
blesse, qu'il ne put absolument obtenir la faveur de s'aller battre, et qu'il fut contraint
de rester à Paris où son régiment était en garnison.

Ne trouvant dans l'intimité
d'aucun de ses amis les dou-

ceurs que lui procurait celle
de César, ne pouvant non
plus supporter une solitude
qui lui faisait plus cruellement
sentir le malheur de sa perte,
il se répandit dans le monde
et rechercha particulièrement
la société des femmes. Il y fut
trop bien accueilli pour ne
pas s'y plaire, mais il évitait
avec un soin prudent tout ce
qui pouvait ou les compromet-
tre à cause de lui, ou l'engager
auprès d'elles dans ces rela-

tions d'une amitié à laquelle
on refuse de croire lorsque
l'objet en est une belle personne, et qui en effet forment souvent des liens qu'on noue sans
le vouloir, mais qu'on ne peut
plus briser alors qu'ils sont
devenus pesans. Également
poli pour toutes, il ne mar-
quait de préférence pour aucune, parce qu'il n'en avait ef-
fectivement pas. Aussi était-il
malheureux ; un vide affreux
entourait toute son existence

et en empoisonnait le cours.

Cet état cependant ne de-
vait pas durer. La jeune marquise de Nanteuil reparaissait
dans le monde après une retraite de deux ans qu'elle avait
faite à la suite de la mort de
son vieux mari. Elle avait eu
pour lui les soins les plus em-
pressés, on n'oserait pas dire
les plus tendres, mais on s'ac-
cordait à reconnaître qu'une
fille n'aurait pas eu pour son

père chéri plus d'égards et
d'attachement.

Veuve avant vingt ans,
douée de tous les avantages
extérieurs et de tous les dons
de l'esprit, elle était surtout
recommandable par une vertu
d'autant plus méritoire qu'elle
avait été plus éprouvée. Jamais cependant la simple mé-
disance n'avait osé s'exercer
sur elle. Les soins qu'elle
donnait à une vieille mère qui

lui restait, et la culture des
beaux-arts pour lesquels elle
avait autant de goût que de
talent, étaient ses uniques
occupations. Elle faisait le
plus noble usage de la fortune que son mari lui avait
laissée, et elle disait tout haut
qu'elle croyait devoir à la reconnaissance qu'elle lui avait
vouée, de rester veuve pour
ne pas perdre le nom qu'il lui
avait donné. C'était là d'ailleurs, à ce qu'elle croyait, une

des conditions tacites de ses
libéralités envers elle.

Dès les premiers momens
de son veuvage, elle avait su,
par des discours où le sérieux
et l'enjouement se trouvaient
agréablement mêlés, écarter
l'essaim toujours actif qui bour-
donne autour d'une femme
jeune et belle, surtout quand
à toutes ses qualités elle unit
l'avantage d'être libre et complètement maîtresse d'elle-

même. Chacun avait été bientôt découragé; et comme l'a-
mour ne naît guère ordinairement sans quelqu'ombre
d'espoir, madame de Nanteuil
avait été promptement déli-
vrée des importunités.

Comment arrive-t-il que de
tous les moyens de plaire dans
le monde, l'un des plus sûrs
soit cependant l'un des moins
usités ? C'est en général par
des empressemens ou par des

propos flatteurs qu'on cherche
à se rendre agréable auprès des
femmes; c'est par l'opinion
qu'on cherche à leur inspirer
de son esprit ou de son mérite
qu'on entreprend habituelle-
ment de les charmer. Ces
moyens, vieux comme la ga-
lanterie même, ont pour eux
la consécration de l'usage et
leurs droits d'ancienneté; mais
il en est un autre bien plus
simple et bien plus puissant à
la fois, c'est de faire précisé-

ment le contraire. Isolez-vous
des femmes qui sont l'objet de
l'universel hommage; n'ayez
pour elles que les égards d'une
politesse exacte, mais froide,
vous êtes au moins assuré d'en
être distingué. Si à cela se
joint en vous quelque mérite,
leur vanité deviendra votre
auxiliaire obligé, et ce sentiment ainsi excité fera cons-
tamment plus que n'eût fait jamais la reconnaissance. Voilà
le moyen; peu de gens l'em-

ploieront encore, même en le
connaissant ; il a cependant
pour lui de nombreux exemples et de hautes autorités.

Soit calcul, soit instinct
naturel, soit entraînement in-
volontaire, c'est là précisément ce que fit Olivier à l'é-
gard de la jeune marquise de
Nanteuil. Pendant qu'une foule
de papillons dorés voltigeaient
autour d'elle afin de s'en faire
remarquer, Olivier semblait

s'en occuper moins que de toute autre. Attiré près d'elle par un invincible attrait, il ne lui parlait cependant jamais, et n'adressait la parole qu'aux personnes qui l'approchaient le plus: quoique sa conversation tout entière lui fût destinée, ce n'était cependant point à elle qu'il l'adressait, et pendant qu'il paraissait ne la voir ni l'entendre, ses regards, toutes les facultés de son esprit et de son ame étaient employés

à suivre ses moindres mouve-
mens, à interpréter jusqu'à ses
mots, jusqu'à ses gestes les plus
insignifians. Il est une foule de
jeunes étourdis qui, pour se
dédommager des conquêtes
qu'ils ne font pas, par celles
qu'ils veulent avoir l'air de se
donner, affectent de parler
mystérieusement aux femmes
et de sourire en leur disant
des riens avec un air de secret
et d'intelligence. Lorsque quel-
ques-uns d'eux s'approchaient

ainsi de madame de Nan-
teuil, Olivier en éprouvait un
tourment qu'il ne pouvait cacher qu'avec peine; il était
tenté de venir se jeter à leur
traverse; il eût été ravi de
trouver une occasion de leur
faire une querelle et de les
provoquer.

Cherchant tous les moyens
de voir madame de N., il
avait pris en face de son
habitation et sous un nom

supposé, un logement d'où
il l'apercevait chaque jour
quand elle prenait le plaisir
de la promenade dans son
jardin. Il pouvait ainsi du haut
de cet observatoire, deviner
ce qu'il avait intérêt de savoir
par les combinaisons et les
rapprochemens. Ainsi l'arrivée et la sortie des voitures,
la durée des visites, les démar-
ches même des gens de l'hôtel,
tout était pour lui sujet de
remarques et de réflexions

qui ne faisaient qu'ajouter
encore à sa passion.

Ceux qui savent combien
est ingénieuse l'imagination
d'un amant, concevront sans
peine tout ce qu'il pouvait
découvrir par ce moyen. Ceux
qui ont aimé sentiront facile-
ment la douceur et le charme
qu'il trouvait dans cette occu-
pation de ses plus précieux
momens. Il ne s'était cependant pas borné là; il avait

appris que madame de N. venait de perdre son concierge,
et tout aussitôt il conçut
l'idée de le faire remplacer
par un de ses gens dont il
avait souvent éprouvé l'intelligence, et qui n'était pas
connu pour être à lui. Gervais
se présenta, fut accepté, et
depuis ce temps, Olivier n'i-
gnora presque plus rien de ce
qu'il voulait savoir. Quelques
personnes trouveront peut-
être un pareil procédé blâ-

mable ; mais si le mérite d'une action se doit apprécier par son intention, elles excuseront peut-être celle-ci par son motif.

Lorsque la nuit avait chassé Olivier de sa retraite, il courait se montrer dans le monde, et de préférence dans les maisons où l'on se réunissait le plus, afin qu'il fût bien connu qu'il avait été vu, et qu'on ne lui demandât pas compte de son absence; puis, comme il savait toujours à l'avance l'emploi des soirées de madame de N., il se trouvait toujours avant elle dans les lieux où elle devait aller; et de cette façon ses assiduités ne pouvaient guère être remarquées que par celle qui en était l'objet.

Quand madame de N. ne sortait pas de chez elle, ou dès qu'elle y était rentrée, il sui-

vait du dehors les mouve-
mens variés des lumières, et
par la combinaison de ce qu'il
savait à l'avance avec ce qu'il
pouvait voir, il trouvait ou
croyait trouver l'explication
de tout ce qui se passait à l'intérieur. Si dans la pièce la plus
reculée de l'appartement, la
clarté redoublait tout-à-coup,
c'est qu'Émilie était dans son
boudoir, réduit favori pour
elle, lieu de recueillement et
de réflexion ; si cette clarté se

rapprochait des croisées, c'est
qu'Émilie était à son secré-
taire et qu'elle écrivait; alors
l'imagination d'Olivier, péné-
trant à travers les vitres, lui
faisait deviner les mots qu'elle
traçait par le temps du séjour
du flambeau à la même place;
s'il y demeurait plus long-
temps que de coutume, la ja-
lousie s'emparait de son ame :
elle écrivait à un rival, à un
rival préféré; il le connaîtrait,
le provoquerait, et peut-être....

Mais la lumière s'était éloi-
gnée, le courroux d'Olivier
s'éloignait avec elle; le bruit
des sonnettes, celui des por-
tes qui s'ouvraient et se fer-
maient, un mouvement général dans toutes les dépendan-
ces de la chambre à coucher
annonçait qu'on s'occupait
des préparatifs de la nuit. Le
calme succédait à cette agitation, les lumières disparais-
saient tour à tour, et il ne
restait plus qu'une lueur

presque imperceptible qui pé-
nétrait à peine à travers les
rideaux fermés, et qui seule
allait veiller auprès d'Émilie ;
lorsqu'enfin tout était calme,
silencieux, Olivier s'éloignait,
il s'éloignait lentement, avec
effort, puis souvent revenait
encore, comme pour dire un
dernier adieu à ces murs chéris,
et il n'abandonnait celle qui
les habitait que lorsqu'il l'avait
en quelque sorte confiée au
sommeil, comme au seul ri-

val dont il ne fût pas jaloux.

Heureux momens ! heures d'enchantement et de souffrance, est-il dans la vie quelque bonheur qui puisse valoir jamais les peines et les tourmens de l'amour !

On ne saurait se faire une idée de tous les soins que prenait Olivier pour ménager d'agréables surprises, à celle qui était l'objet de sa discrète

tendresse. C'était chaque
jour quelques nouvelles ga-
lanteries d'autant plus déli-
cates qu'elles paraissaient pro-
venir d'une invisible main et
que leur auteur semblait s'en
cacher comme d'une mé-
chante action.

Cultivant avec succès presque tous les arts, Émilie les
aimait tous. Greuze, qui était
alors dans l'éclat de son
talent, venait de terminer son

tableau de l'*Accordée de vil-
lage* : il était alors le peintre
à la mode, et c'était un rare
avantage, une faveur même
que d'obtenir à grand prix
un tableau de ce maître célèbre. Émilie avait surtout
pour lui une admiration particulière, et s'en était expri-
mée avec un vif enthousiasme
au sujet de sa dernière pro-
duction. Peu de jours après,
elle trouva sur son chevalet
la charmante *Laitière* de ce

peintre, chef - d'œuvre de
gràce et de vérité.

C'était une mode, une fu-
reur que ces jolis chiens d'É-
cosse dont la race, fort rare
alors, est devenue depuis assez commune. Un jour, le
plus petit et le plus joli de ces
animaux se trouve blotti à ses
pieds : il portait à son cou
un collier d'or, sur lequel
étaient écrits quatre vers an-
glais dont l'idée était une al-

lusion délicate aux sentimens de celui qui l'envoyait*. Chaque matin ses appartemens se parfumaient de fleurs les plus fraîches et les plus nouvelles. La première rose qui fleurissait lui était destinée, et si quelque plante exotique était introduite dans nos climats, elle allait tout de suite parer sa terrasse ou son parterre.

---

* Such forward airs, so pert, so smart
Are sure to win thy lady's heart :
How pretty was fawning way thine!
How different is thy case and mine.

En vain avait-elle voulu se soustraire à tous ces empressemens; comment s'en plaindre; comment les empêcher puisqu'elle en ignorait l'origine et ne pouvait même en découvrir les auteurs ou les complices. Elle avait congédié à ce sujet plusieurs domestiques, qui tous étaient partis résignés et soumis plutôt que de parler.

Émilie cependant en de-

venait pensive et préoccupée.
Quoique flattée peut-être in-
térieurement de ces hommages, elle en était embarrassée;
elle ne pouvait deviner par
qui ils lui étaient adressés :
elle avait été tentée quelquefois de les attribuer à Olivier,
qu'elle avait toujours distingué, et dont il était impossible qu'elle n'eût pas un peu
remarqué la silencieuse admiration. Mais comment croire
qu'il fût réellement occupé

d'elle ? Elle était plongée dans une inquiétude à la fois douce et cruelle.

Ce qui était pour elle un si impénétrable mystère, ne l'était cependant pas pour tout le monde; et la vindicative madame de B., sans cesse occupée de nuire à celui qu'elle regardait comme son ennemi, avait découvert son secret en faisant suivre ses pas. Elle n'eut rien dès-lors de plus

empressé que d'en avertir
madame de N., et le malheureux Olivier sut, par un billet de madame de B. elle-
même, la nouvelle obligation
qu'il lui avait. Il fut cons-
terné, et pendant long-temps
il s'éloigna des lieux où il pouvait rencontrer celle qu'il re-
cherchait tant autrefois, lorsqu'un jour il reçut d'elle le
billet suivant :

« Je viens de voir madame

» de B., qui m'apprend, Mon-
» sieur, que vous êtes l'au-
» teur de tout ce qui se passe
» autour de moi. Je ne puis
» m'expliquer sur l'opinion
» que j'en veux prendre avant
» d'avoir reçu votre réponse,
» et de savoir si l'on m'a dit
» vrai. »

Émilie de N....

Olivier, en ouvrant cette
lettre, était préoccupé de mille
craintes qui devinrent une

certitude pour lui dès qu'il
vit le nom funeste de la baronne de B. Il ne lui vint
pas même dans l'esprit de
chercher ce qu'il pouvait y
avoir de favorable dans la réserve de madame de N. Mais
livré à son désespoir, il écrivit et envoya la lettre qui
suit :

« Oui, Madame, on vous a
» dit vrai, et je n'ajouterai
» pas à mes torts en les niant.

» Madame de B., qui m'a
» tant donné de preuves de
» sa haine, ne pouvait me
» porter un coup plus sen-
» sible qu'en détruisant en un
» jour tout le bonheur de ma
» vie, celui de vous adorer
» sans vous le dire, et d'avoir
» au moins, sur vos senti-
» mens pour moi, le modeste
» bonheur de l'incertitude.
» Depuis que je sais qu'elle
» vous a parlé de moi, de-
» puis que c'est par celle que

» j'aurais voulu le moins choi-
» sir, que vous est parvenue
» l'expression de ma pensée,
» et que la vérité vous aura
» été apprise, je ne dois plus
» conserver même une ombre
» d'espérance, et mon mal-
» heur est comblé; mais si
» j'ai pu vous déplaire, je me
» punis assez en m'éloignant
» sans retour. »

OLIVIER de R....

Cette lettre fut suivie de

cette réponse de madame
de N....

« La franchise de votre
» aveu me donnerait une nou-
» velle preuve de votre loyau-
» té, si j'avais pu en douter
» un seul instant. Puisque ce
» qui s'est passé n'a pu être
» évité, j'aime mieux que
» vous en soyez l'auteur que
» tout autre. Dans tous les
» cas, ce serait vous punir
» beaucoup trop sévèrement

» que vous éloigner, et com-
» me personne n'a le droit
» d'être plus sévère que moi
» pour ce qui me regarde,
» vous ne vous imposerez pas
» une punition que je suis bien
» loin d'exiger. Je crois en ef-
» fet que madame de B. est
» une personne malveillante ;
» mais je ne me sens pas
» aujourd'hui disposée à la
» haïr. Dans tout ce qu'elle
» m'a dit, il n'est qu'une seule
» chose que j'aie comprise, et

» celle-là ne m'a causé nul
» chagrin; seulement, je l'a-
» vouerai, j'aurais mieux aimé
» l'entendre de votre bouche
» que de la sienne. »

ÉMILIE de N....

Hélas! cette lettre arriva
trop tard; Olivier, avant de
l'avoir reçue, s'était enfui en
proie au plus violent désespoir, ne confiant le secret de
sa retraite qu'à son fidèle Gervais, et lui ordonnant for-

mellement de ne le pas révéler. Il défendit même qu'aucune lettre lui fût adressée,
de quelque part qu'elle arrivât.

On n'a pu savoir d'une manière certaine quel avait été le
lieu de cette retraite ; on a des
raisons de croire qu'il s'é-
tait rendu auprès d'un frère
de son père qui, depuis long-
temps , vivait retiré dans un
couvent de la capitale , qu'il
édifiait par sa piété.

Un mois s'était écoulé lorsqu'il reçut un paquet contenant plusieurs lettres parmi lesquelles il ne remarqua que celles qu'il reconnut pour être de l'écriture de madame de N., et en tête desquelles figurait celle que l'on vient de lire. Les autres avaient été écrites successivement, et la dernière, portant la date de la veille, ne contenait que ces mots, écrits d'une main tremblante : « Olivier, ne vous

» verrai-je pas au moins une
» fois avant.... » La phrase
n'avait pas été achevée.

Voici maintenant la lettre
qui servait d'envoi et d'explication à ce funeste billet :

« Malgré la défense que
M. le Comte m'a faite, de lui
écrire, je croirais être à blà-
mer si je ne l'informais pas de
ce qui se passe. Aussitôt que
Madame eut reçu la dernière

lettre de M. le Comte, qui annonçait son départ, elle tomba dans une grande agitation et eut de très-violens maux de nerfs, après quoi elle pleura beaucoup et fut toute la nuit sans dormir, se promenant dans sa chambre en faisant des questions à mademoiselle Séraphine, de qui je tiens tous ces détails. Le lendemain matin, Madame me fit appeler auprès d'elle, et moi, ne doutant pas qu'elle eût tout

découvert, je m'attendais à
des reproches de sa part et à
être renvoyé; mais je fus bien
surpris quand, au lieu de la
trouver en colère, je la vis
bonne et obligeante. Elle me
dit qu'elle savait tout, qu'elle
n'ignorait pas que j'étais à
M. le Comte, que j'avais été
mis par lui auprès d'elle, mais
que loin de s'en fâcher, elle
trouvait bon que j'eusse si
bien servi un si bon maître;
qu'elle voulait même me le

prouver en m'attachant tout-
à-fait à sa personne, et que
désormais je n'aurais autre
chose à faire qu'à aider le
vieux maître-d'hôtel Galbois,
pour avoir sa place quand il ne
l'exercerait plus. Depuis ce
temps, il ne s'est point passé
de jour sans que, sous diffé-
rens prétextes, elle ne m'ait
fait venir plusieurs fois auprès
d'elle pour me parler de Monsieur, et surtout pour m'inter-
roger sur le lieu de sa retraite.

Elle me comble de bontés,
et de présens, et me dit que
ma fortune serait faite si je
voulais lui dire ce qu'elle dé-
sire, à quoi je n'ai pu que répondre : « Je ne sais pas, »
puisque Monsieur l'a voulu
ainsi. Mais depuis quelque
temps les choses sont bien
changées. Je ne dirai pas ce que
j'ai ordre de cacher , mais
je ne puis laisser ignorer à
M. le Comte l'état où est Madame : le chagrin et les veilles

l'ont mise dans un état qui devient inquiétant; elle ne mange plus, ne dort plus, et depuis quelques jours ne sort pas même de son lit. On a fait venir les deux médecins habituels de la maison, M. de Lalouette et M. Vicq-d'Azyr; mais ils n'ont rien compris à son mal; seulement M. Vicq-d'Azyr a fait quelques questions qui pourraient faire croire qu'il a des soupçons. Quant à Madame, elle ne veut rien

de ce qui lui est prescrit. Elle
a fait placer dans sa chambre
à coucher tout ce que Monsieur le Comte lui a envoyé,
et elle passe son temps à re-
lire la lettre de Monsieur et
à parler de lui sans cesse.
Je sais tous ces détails par
mademoiselle Séraphine, qui
a maintenant la plus grande confiance en moi. C'est
aussi par elle que je sais le
triste état où est Madame, et
elle a entendu hier M. La-

louette dire que l'état de la malade donnait des inquiétudes. Monsieur jugera donc si j'ai eu tort d'enfreindre sa volonté en lui écrivant. Je crois que Monsieur, en me donnant ses ordres, n'a pas prévu ce qui arrive et ne me désapprouvera pas. »

GERVAIS.

Lire ces lettres et arriver chez madame de R. fut pour Olivier l'espace d'un instant.

Grâce à l'intelligente adresse de Gervais et de Séraphine qui parvinrent à écarter tout le monde, il est bientôt auprès du lit d'Émilie qu'on avait aussi pris le temps de prévenir pour lui épargner la première émotion. Lorsqu'elle eut tourné ses regards vers Olivier, ses beaux yeux se fixèrent un instant sur lui avec une espèce d'étonnement immobile, comme si elle faisait un songe. Saisie d'un

tremblement général, elle paraissait respirer à peine, quand
tout à coup et avec une espèce de mouvement convul-
sif, elle s'écria : « C'est lui!»
et elle retomba sans connaissance. Olivier, rempli d'effroi,
se hâta d'appeler des secours,
et regardait dans une anxiété
stupide les soins qu'on lui pro-
diguait, craignant que cette
révolution n'eût été trop forte pour elle, lorsque soudain
elle ouvrit les yeux ; sa poi-

trine qui semblait oppressée
parut soulagée par des sou-
pirs qui n'avaient plus rien
que de doux; puis après avoir
versé d'abondantes larmes,
elle se retourna vers Olivier,
et lui prenant la main avec
transport, elle s'écria de nouveau : « C'est lui ! »

Depuis ce moment la santé
d'Émilie se rétablit comme
par enchantement, et les médecins, qui en avaient déses-

péré, convinrent que la nature avait fait un effort, dont
l'effet confondait leur intelligence et leur savoir. Elle ne
conserva plus de ses maux
qu'une légère pâleur, qui est
souvent un charme de plus
dans une belle personne, surtout aux yeux de celui qui
l'a causée.

Olivier, dont la timidité
avait été enfin vaincue, jouis-
sait de son bonheur, mais

avec discrétion, et de manière à le dérober à la jalouse curiosité du public. Il se montra d'abord rarement chez madame de N.; mais bientôt, entraîné par un irrésistible attrait, il rendit ses visites plus fréquentes et plus longues; puis enfin il s'en fit une telle habitude, qu'un seul jour ne se passait pas sans qu'il allât au moins une fois à l'hôtel de N.

Quelque soin qu'il eût pris et cru prendre, ces assiduités furent bientôt connues. On racontait même déjà toutes les circonstances de cette liaison, ce qui s'était passé pendant la maladie, et jusqu'aux particularités les plus secrètes. Il n'est rien de long-temps caché dans une société où la conversation est le principal emploi du temps, j'allais dire la principale affaire.

Parmi ceux qui s'employaient le plus à accréditer ces bruits, on distinguait surtout madame de B., qui, sous la couleur d'un vif intérêt pour madame de N., et sous le manteau d'un zèle affecté, allait ainsi détruisant deson mieux sa réputation.

Ce n'est pas tout : cette charitable personne vint un matin trouver madame de N., et lui parla à peu près ainsi :

« Eh ! mon Dieu , ma
» chère ! que devenez-vous,
» je vous prie? Comment se
» fait-il qu'on ne vous voie
» plus nulle part? Comment
» vous bannissez-vous ainsi
» de la société dont vous fai-
» siez l'ornement?— Et qui
» donc serait assez bon pour
» l'avoir remarqué? — Mais
» croyez-vous qu'il vous soit
» permis de disparaître ainsi
» impunément, et que votre
» absence puisse être une

» chose indifférente ? — Le
» monde ne s'occupe certai-
» nement pas de moi, et les
» objets de distraction sont
» trop nombreux pour qu'il
» daigne seulement s'aper-
» cevoir de l'éloignement
» d'une pauvre recluse, qui
» n'y a toujours tenu que
» très-peu de place. — Dé-
» trompez-vous, ma chère;
» si, comme je n'en puis
» douter, votre modestie est
» sincère, elle est certaine-

» ment aussi fort exagérée.—
» Mais ne sait-on pas que le
» soin de ma santé?... — Cette
» excuse serait de toutes
» la moins admise, et votre
» seule vue ne lui laisse au-
» cune valeur. Tenez, faut-il
» que je vous parle avec la
» franchise d'une véritable
» amie? On attribue votre éloi-
» gnement à une cause tout-
» à-fait autre que celle que
» vous lui donnez. On a re-
» marqué que, ainsi que vous,

» M. de R. ne se montre plus
» dans la société où on le
» voyait sans cesse alors qu'on
» vous y voyait. Ce rappro-
» chement si simple a conduit
» à des découvertes vraies ou
» prétendues, et l'on a cru
» savoir qu'il venait ici régu-
» lièrement chaque soir... »
(Et la baronne appuyait sur
ces derniers mots, en jetant
des regards pénétrans sur
Émilie qui baissait la tête pour
cacher sa rougeur.) — « On

» prend trop de soin, » dit
cette dernière après s'être un
peu remise, « et je suis bien
» touchée de l'intérêt qu'on
» me témoigne ; mais j'avoue-
» rai que je trouve tant de
» zèle un peu exagéré. Je crois
» avoir toujours été assez soi-
» gneuse de mes devoirs pour
» n'avoir à n'en être avertie
» par personne. » — « C'est
» précisément votre bonne
» conscience qui vous rassure
» et qui peut vous perdre ; c'est

» parce que je vois que la sé-
» curité dans laquelle vous
» êtes pourrait devenir pour
» vous un écueil , que j'ai
» cru devoir vous le si-
» gnaler. C'est toujours un
» soin pénible à prendre que
» celui qui m'attire auprès de
» vous , et il a fallu toute la
» ferveur de mon amitié
» pour me déterminer à cette
» démarche dont tous les
» inconvéniens sont pour
» moi seule : veuillez donc

» m'écouter, et vous me juge-
» rez ensuite.

» Vous aimez M. de R.,
» Émilie.... — Mais qui peut
» vous l'avoir dit, et qui peut
» avoir ainsi le droit de scru-
» ter les secrets sentimens de
» mon cœur? — N'entrepre-
» nez pas de le cacher, ma
» chère, vous aimez M. de R.
» Je vous le répète, j'en ai la
» preuve; je sais aussi qu'il
» vous adore; je sais tous les

» soins qu'il vous rend, et
» malheureusement d'autres
» que moi, sans être si bien
» informés, en ont appris sur
» cela plus qu'il ne convien-
» drait. Comme on n'ignore
» pas qu'il est depuis long-
» temps fort assidu, on com-
» mence à se demander, sans
» douter un moment que ses
» hommages aient un but ho-
» norable, pourquoi il ne s'est
» pas encore déclaré. Je n'exi-
» ge pas de vous une réponse;

» et j'irai au-devant de l'em-
» barras où vous pourriez être
» de me la faire. Je ne viens
» pas non plus vous signaler
» le mal sans vous apporter
» le remède ; je veux vous ti-
» rer de l'embarras où vous
» êtes sans vouloir en con-
» venir, et ce moyen est in-
» faillible. »

Ici l'attention d'Émilie re-
doubla ; son humeur première
parut se dissiper un peu, et

par un mouvement involon-
taire, elle rapprocha son fau-
teuil de celui de madame
de B.

« Je connais Olivier, ma
» chère ; je connais son
» esprit incertain , et ja-
» mais il ne pourra prendre de
» résolution si vous ne l'y
» forcez par quelque moyen
» extrême, si vous n'intéres-
» sez son honneur en lui don-
» nant la preuve qu'il a com-

» promis le vôtre. Il faut donc
» qu'il sache ce que le monde
» dit ; il faut que vous l'en in-
» formiez vous-même ; bien
» plus, qu'il en ait la preuve...
» Vous hésitez, et vous crai-
» gnez, je le vois, de mettre
» un tiers dans cette confi-
» dence ; mais j'ai tout prévu,
» et vous verrez que l'expé-
» dient que je vous propose
» d'adopter n'offre que des
» avantages sans dangers. Je
» comprends votre embarras

» relativement au choix de la
» personne que vous pourriez
» charger de cette mission
» délicate ; aussi, faut-il que
» ce soit une amie sur laquelle
» vous ne puissiez pas même
» avoir l'ombre d'un soupçon,
» et je n'hésite pas à me pro-
» poser moi-même pour vous
» rendre ce service. Lorsque
» M. de R. viendra ce soir,
» selon son usage, laissez-
» moi seulement arriver jus-
» qu'à l'une des pièces voi-

» sines de ce boudoir ; je
» vous promets de ne pas me
» montrer à lui ; mais je ne dou-
» te pas que, dans la soirée mê-
» me, il ne vous offre sa main,
» et qu'ensuite votre mariage
» n'ait lieu quand vous vou-
» drez : je consens à ne vous
» revoir jamais, si tout ne se
» passe pas ainsi que je vous
» l'indique. »

Ici l'on annonça une visite ;
la baronne se hâta de saisir

un autre sujet de conversation, et sans avoir reçu ni
un consentement ni un refus,
elle sortit, laissant la pauvre Émilie dans une perplexité
inexprimable.

« Forcé d'interrompre ce
récit pour parler de moi, j'en
éprouve un regret vérita-
ble, car l'incident que je
vais raconter, quoique fort peu
important en apparence, a cependant eu, je le crains trop,

une influence directe sur la
destinée de deux êtres, dont
l'un surtout m'était bien cher:
je l'avais ignoré jusqu'au moment où j'ai connu les faits ra-
contés dans cet écrit; je voudrais pouvoir l'ignorer encore.

» C'était moi en effet de qui
l'on venait d'annoncer la visite.
J'avais eu autrefois une sœur
qui était, à l'abbaye de Chail-
lot, l'amie particulière de ma-

dame de N., et qui, plus
à plaindre ou plus heureuse
qu'elle, n'en était pas sortie.
Ma chère Eugénie était morte
au couvent à l'âge de 16 ans,
et mademoiselle Émilie de
Surville avait reporté sur moi
une partie de l'affection qu'elle
avait pour sa compagne. Aussi
je l'aimais à mon tour comme
une tendre sœur; ses intérêts m'étaient non moins sacrés que si elle m'eût été unie
par les liens du sang.»

« Averti par quelques discours que j'avais recueillis,
et par mes propres ré-
flexions, de tout ce que sa
nouvelle position commen-
çait à avoir de faux, je ve-
nais pour lui offrir plutôt encore de l'amitié que des conseils, et chercher avec elle
ce qu'il pouvait y avoir à faire
dans la situation où elle était;
je la trouvai plus que préparée
à ce que j'avais à lui dire par
la conversation qu'elle venait

d'avoir avec la baronne de B.
Tout en me félicitant de ce que
j'étais ainsi délivré de la partie la plus pénible de ma négo-
ciation , je regrettais pourtant d'avoir été devancé par
une personne dont le ca-
ractère ne m'avait jamais
convenu; je ne pus cepen-
dant m'empêcher d'être, cette
fois , de son avis , et de
convenir que le mariage ne
pouvait se différer plus long-
temps; que c'était à madame

de N. à informer la première
M. de R. de tout ce qui se passait, de façon à l'amener lui-même à se déclarer sans retard. »

C'était un soir du mois de
juin ; c'était à ce moment si
doux qui n'est plus le jour, mais
qui n'est pas la nuit encore :
alors le calme silencieux de la
nature n'est troublé que par
une brise favorable, et par
cette espèce de frémissement
joyeux que fait entendre l'oi-

seau sous le feuillage, comme
l'insecte léger sous ses gazons.
Ce repos, ce bien-être universel semblent se communiquer
à tout ce qui respire, et
disposer le cœur à toutes
les émotions en le plaçant
dans cette disposition rêveuse
qui l'enlève en quelque sorte à
la terre, et à laquelle il est comme impossible de s'arracher.

Émilie était dans ce boudoir
qu'elle aimait tant, dans ce bou-

doir que chaque jour elle avait
soin de parer elle-même des
plus belles fleurs, des plus
riantes peintures et de toutes
les recherches de ce luxe in-
génieux, par lequel le goût et
la mode s'efforcent de cacher
l'utilité sous la grâce.

Assaillie par mille pensées
confuses, elle repassait tout ce
qui lui avait été dit : elle était
plongée dans un vague à la
fois doux et cruel que domi-

nait le souvenir d'Olivier, mais
accompagné maintenant de
craintes, de défiances qu'elle
n'avait jamais connues et qui
bouleversaient son esprit depuis qu'on les y avait éveillées.

Olivier arriva. Il remar-
qua bientôt la préoccupa-
tion d'Émilie, quelque soin
qu'elle prît pour la déguiser.
Il l'interrogea avec une tendresse inquiète, avec une sol-
licitude mêlée d'effroi, et il

ne lui fut pas difficile de l'a-
mener à avouer quelle était
la cause de son ennui.

« Mon cher Olivier, lui
» dit - elle, rassurez - moi;
» aucun malheur ne nous
» menace; mais une pensée
» m'oppresse, et je ne sau-
» rais plus long-temps la ren-
» fermer dans mon sein. No-
» tre mutuelle tendresse est
» pour chacun de nous le trésor
» le plus précieux : pourquoi

» donc, dites-moi, n'êtes-vous
» pas plus soigneux d'un bien
» qui vous appartient, pour-
» quoi laissez-vous ma répu-
» tation exposée à des doutes
» injurieux? — Et qui oserait
» jamais.... — Calmez-vous,
» mon ami, ce n'est pas la mal-
» veillance que nous devons
» accuser; je ne puis mécon-
» naître l'intention des avis qui
» m'ont éclairée; personne,
» d'ailleurs, n'aurait pu m'en
» dire à cet égard plus que

» je ne m'en dis moi-même
» maintenant. Et comment
» avons-nous pu nous aveu-
» gler ainsi tous deux ? Com-
» ment avons-nous pu pen-
» ser qu'un monde désœuvré
» et jaloux consentît pour
» nous seuls à fermer les
» yeux à l'évidence ? Croyez-
» vous qu'après m'avoir tou-
» jours été si favorable, il ne
» me deviendrait pas bientôt
» sévère, et que cette bonne
» réputation qui a été jusqu'ici

» pour moi un rempart, pour-
» rait l'être bien long-temps
» encore? Je vous aime, Oli-
» vier, comme vous m'aimez,
» et je voudrais pouvoir trou-
» ver des paroles plus fortes,
» s'il en est; mais mon hon-
» neur, mon honneur seul,
» m'est plus cher que tout, et
» c'est lui qui me commande
» ou de cesser de vous voir...
» —Cesser de me voir!—Ou
» bien..... — Achevez. — De
» vous demander le titre de vo-

» tre épouse. —Qu'avez-vous
» dit, Émilie? quel ennemi de
» notre repos commun peut
» vous avoir conseillé cette
» démarche? — Quoi ! notre
» mariage...—Il est impossible.
» — Eh pourquoi , grands
» Dieux ? — Ne m'interrogez
» pas.—Vous me faites frémir.»

Ici l'on entendit quelque
bruit dans la pièce la plus
voisine du boudoir ; Émilie
et Olivier en furent frappés

en même temps , et prêtè-
rent tous deux l'oreille; mais
ce bruit ayant cessé tout-à-
coup, Olivier continua ainsi :
« Rassurez-vous, Emilie, ce
» mystère n'a rien de terrible
» que pour moi, mais il le de-
» viendrait pour tous deux
» si vous me forciez à ré-
» véler mon secret; heureu-
» sement rien ne m'y con-
» traindra , et puisque vous
» avez pu me proposer de
» m'éloigner ou de recevoir

» votre main, je sais le parti
» que je dois prendre, c'est
» celui que me dicte l'hon-
» neur, le devoir...... — Je
» n'hésite pas, Emilie, j'au-
» rai peut-être la force de re-
» noncer à vous.—Olivier !
» Olivier, qu'avez-vous dit?
» Vous est-il donc plus fa-
» cile de me quitter que de
» vous unir à moi par le seul
» lien...— Unis; unis pour ja-
» mais! nous, Émilie! Ah! si tou-
» jours je me fis une idée char-

» mante du mariage, c'est avec
» vous qu'il eût été la suprê-
» me félicité : si je n'en croyais
» que mon cœur, si je ne vous
» préférais mille fois à moi-
» même.... — Parlez. — Non,
» non, repoussons cette idée ;
» si c'était toute autre qu'Émi-
» lie...; mais vous, vous ! —
» Et vous m'aimez? — Si je ne
» vous adorais pas... mais l'a-
» mour n'existe-t-il donc que
» dans les chaînes du maria-
» ge, et personne ne com-

» prendra-t-il jamais un sen-
» timent qui soit pur sans
» être commandé? L'honneur
» ne permet-il pas d'adorer
» les vertus, parce qu'elles
» sont dans un autre sexe,
» parce qu'elles sont réunies
» à la grâce et à la beauté? Me
» défend-il donc d'aimer en
» vous ce qu'il me serait per-
» mis d'idolâtrer si ces blonds
» cheveux avaient déjà blan-
» chi; si quelques rides cou-
» vraient ce beau visage? Mais

» vous l'avez dit, l'honneur le
» veut, il faut obéir, vous quit-
» ter. — Eh quoi ! cette ré-
» solution vous est-elle donc
» si facile ? — N'est-ce pas
» vous qui me la dictez?—Pou-
» vez-vous si tranquillement
» vous y soumettre?—Vous
» ne savez pas tout ce que cet
» arrêt cruel a soulevé dans
» mon sein de passions et d'o-
» rages. Parce que je vous en
» épargne le spectacle, vous
» croyez que je n'en suis pas

» agité : craignez de combler

» la mesure de ma résignation

» et de mon courage; craignez

» les transports où pourrait

» me porter un aveugle déses-

» poir. — Quels regards vous

» jetez sur moi, Olivier : vo-

» tre air et vos discours me

» font trembler ! — Hélas !

» qu'ai-je pu dire? Rassurez-

» vous, Emilie : qui, moi, moi

» vous inspirer de l'effroi !

» oh ! non, je suis trop

» malheureux pour être à

» craindre...... pour vous, au
» moins. — Eh bien ! pardón-
» nez-moi si je vous ai affligé,
» mon ami ; tout au monde
» plutôt que de vous voir si
» malheureux. — Généreuse
» amie ! — Je remets en vos
» mains le soin de notre com-
» mune destinée, car je n'ima-
» gine pas qu'elle puisse être
» séparée. Laissons les mé-
» chans et les jaloux blâmer
» un bonheur qu'ils envient et
» ne pas croire aux vertus qu'ils

» n'ont pas. Contentons-nous
» du témoignage que nous nous
» rendons, et, plus l'épreuve
» aura été difficile, plus elle
» aura de mérite auprès du
» seul juge équitable de toutes
» les actions des hommes.

» —Et rassurons-nous aussi
» sur nous-mêmes, Émilie :
» quelle conscience aurait le
» droit de s'alarmer de ce qui
» n'aura pas inquiété la vôtre?
» — Mes réflexions l'avaient

» troublée ; vos paroles ont
» dissipé toutes mes terreurs.
» — Si ma tendresse res-
» pectueuse n'a pas un seul
» instant effrayé votre crain-
» tive innocence, que pouvez-
» vous redouter de moi à l'a-
» venir ? — L'avenir !... eh !
» qui peut le prévoir ! Quel
» courage doit se croire éter-
» nellement plus fort que le
» danger ! — Quel danger
» peut nous menacer si nous
» nous aimons toujours ! Que

» pourrait l'avenir avoir pour
» nous de plus redoutable que
» le passé! — Je ne sais, mon
» ami; je ne puis exprimer ce
» que j'éprouve, parce que cet
» état est nouveau pour moi;
» mais une inquiétude indici-
» ble m'agite et me tourmente,
» même auprès de vous. Lors-
» que vous êtes éloigné, quel-
» que chose me manque, et
» c'est vous; lorsque vous êtes
» auprès de moi, mon ame
» est heureuse, ravie, enivrée;

» pourtant il me semble que
» quelque chose me manque
» encore, et cependant vous
» êtes là.

» — J'aime donc mieux, ou
» du moins autrement que
» vous, Émilie; car, pour moi,
» tous mes vœux, tous mes
» désirs sont concentrés dans
» cette enceinte. Vous voir,
» vous contempler, vous ado-
» rer, voilà mon bien-être,
» mon avenir, ma vie. Je ne

» veux, je ne comprends pas
» d'autre félicité sur la terre;
» je n'en imagine pas même
» une autre dans les cieux. Ah!
» si des pensées coupables ont
» pu tromper mon esprit et
» ma raison, c'est loin de
» vous, c'est quand je puis
» oublier que vous vous êtes
» confiée à moi. Oui, je l'a-
» vouerai, souvent alors j'ose
» former des vœux extrêmes;
» rien ne contient plus l'effer-
» vescence de mes désirs. Par-

» fois le délire de mon imagi-
» nation me rend téméraire,
» audacieux, criminel peut-
» être... Mais, ô charme tou-
» chant de l'innocence et de
» la vertu! un seul de vos re-
» gards apaise le tumulte de
» mon cœur : vous êtes pour
» moi une nature céleste que
» les passions humaines ne sau-
» raient atteindre. Périsse ce-
» lui qui pourrait troubler vo-
» tre sérénité pudique et votre
» confiante sécurité. Je ne vou-

» drais pas d'une éternité de
» bonheur qui pourrait vous
» arracher une larme. Mon
» amour peut me donner la
» mort, mais jamais il ne fera
» rougir celle qui l'inspire, ja-
» mais il ne lui coûtera un re-
» gret ou un remords.

» — Vous me rassurez, mon
» ami ; je vous rends grâces
» d'éclairer, de guider ainsi
» ma faible raison ; car cette
» tranquillité qui naît d'une

» juste confiance dans soi-
» même, je l'admire plus que
» je ne l'imite ; je me sens plus
» de force pour fuir le péril
» que pour y résister quand
» je l'affronte. Lorsque je suis
» loin de vous, ma volonté re-
» prend tout son empire, et vo-
» tre souvenir me charme sans
» me troubler ; mais dès que
» je vous vois, je sens toute ma
» faiblesse, et je ne crains pas
» de l'avouer. Lorsque je suis
» ainsi près de vous, seule,

» dans cette retraite, mes pen-
» sées, mes résolutions chan-
» gent en un instant. Il n'est
» pas, alors, jusqu'aux objets
» extérieurs qui n'ajoutent en-
» core à mes sensations, et
» ne portent dans mes sens
» une langueur que je redoute
» et que j'aime. Le recueille-
» ment silencieux de cet asile,
» cet air si pur qui nous ap-
» porte les vapeurs embau-
» mées du soir, les fleurs qui
» remplissent ces corbeilles, et

» qui, près de mourir, sem-
» blent exhaler des parfums
» plus doux; et plus que tout
» encore, Olivier, l'émotion
» que j'éprouve en ce mo-
» ment..... croyez-vous, mon
» ami, que tout cela soit et
» puisse être toujours sans
» dangers?

» — Émilie, celui que
» n'a pas égaré le charme
» enchanté de vos regards,
» vos paroles si pénétrantes,

» cette main que j'ai saisie
» pour la première fois, et
» dont l'étreinte répond déli-
» cieusement à la mienne, ces
» regards remplis de flamme,
» d'amour et de bonheur....
» — Olivier, ne me regardez
» pas ainsi; ces transports me
» font mal; ils sont comme un
» feu subtil, comme un poi-
» son qui court dans mes vei-
» nes et me consume. — C'est
» le même feu qui me dé-
» vore. — Pourquoi mon cœur

» bat-il avec cette violence ?
» il me semble qu'il est prêt
» à s'échapper de mon sein.
» —Voyez si le mien bat moins
» vite , Émilie. — Olivier!
» Olivier ! je frissonne et je
» brûle. — Laissez-moi sou-
» tenir cette tête languis-
» sante ; laissez - moi retenir
» ces beaux cheveux , re-
» cueillir votre souffle em-
» baumé ; laissez - moi... —
» Olivier ! disposez de mon
» sort, de ma vie, de mon ame;

» je me confie, je m'aban-
» donne à toi... »

Ces derniers mots étaient
à peine prononcés, qu'un
bruit, semblable à un éclat de
rire, retentit soudainement
dans la chambre où déjà l'on
avait cru entendre quelque
mouvement. Frappés en même
temps de stupeur, et comme
s'ils eussent été réveillés tout-
à-coup après un songe pénible,
Olivier et Emilie restaient

muets d'étonnement, quand
tout-à-coup Olivier, d'une
voix altérée : « — Quel bruit
» a retenti deux fois près de
» nous, dans cette chambre,
» à cette porte ? — En effet,
» un frisson mortel a glacé
» mes sens. — Il m'a semblé
» que c'était le rire des dé-
» mons ; mais qui peut se trou-
» ver ainsi dans cet apparte-
» ment à cette heure ?

» — Dieu de bonté ! s'écria

» Émilie avec effroi et comme
» si elle retrouvait tout-à-
» coup la mémoire ; je tremble
» d'avoir deviné... Hier, une
» personne... — De grâce ,
» Émilie, achevez. — Par in-
» térêt pour moi... — Mais qui
» donc ? — Madame de B.
» — Quoi , madame de B.
» dans cette maison ! — Dans
» cette chambre. — Elle aurait
» écouté ! — Hélas ! je le crains
» trop... — Malédiction ! »
s'écria Olivier avec fureur , et

s'élançant tout-à-coup vers la porte, il s'apprêtait à l'ouvrir avec force lorsqu'on entendit le bruit d'un verrou qui la fermait ; alors il s'arrêta comme pétrifié, sans pouvoir prononcer une parole. En vain Emilie voulait-elle l'arracher à ce sombre silence, il ne le rompit enfin que pour prononcer d'un ton solennel ces mots où, malgré une apparente résignation, respirait un courroux concen-

tré : « Vous me parliez de
» mariage, Emilie, et dans
» votre intérêt j'en éloignais
» l'idée; maintenant c'est dans
» cet intérêt même que je le
» demande à mon tour. J'igno-
» re si ce qui arrive est fortuit
» ou l'effet d'une machination
» infâme...— Olivier...— A la-
» quelle vous êtes étrangère,
» Emilie, mais où je reconnais
» toute la fureur du mauvais
» génie qui s'attache à mes
» pas : quoi qu'il en soit, on l'a

» voulu , eh bien! oui... nous
» serons unis. — Dieux ! de
» quel air me dites-vous cela?—
» Il le faut maintenant , votre
» honneur l'exige autant que
» le mien. Comme cette in-
» trigue infernale va porter
» ses fruits , comme mille dis-
» cours méchans ne manque-
» ront pas de se répandre, il
» faut que, dès demain même,
» notre mariage soit proclamé,
» et il le sera. » A ces mots
il sortit , laissant la malheu-

reuse Emilie éperdue et presque mourante.

Pendant que tout égaré
et cherchant à s'échapper par
de secrets chemins, il traver-
sait les longs corridors som-
bres de l'hôtel de Nanteuil,
il entendit auprès de lui le
sifflement léger d'une robe
de femme, et ces mots furent
distinctement prononcés à son
oreille : « Je suis vengée d'elle
et de vous. »

Le lendemain le mariage fut annoncé partout; et après les délais exigés pour l'accomplissement de toutes les formalités, il eut lieu à la terre de Serpigny, appartenant à M. de R., le matin du 15 juillet 1780.

Le soir même, le nouvel époux disparut, laissant pour la nouvelle comtesse de R. la lettre que voici :

« Je suis le plus malheureux des hommes, Émilie, car je vous quitte, et ces lignes sont un adieu... éternel peut-être... au moins en cette vie.

» Si, comme j'ai trop lieu de le craindre, vous devez connaître un jour les motifs de ma fuite, vous la comprendrez. Si, ce que je n'ose espérer, vous pouvez les ignorer toujours, vous devrez croire qu'ils sont bien impé-

rieux, puisqu'ils me forcent
à renoncer à tout ce qu'il y a
au monde de plus doux, la
vertu, la grâce et la beauté.
Rien ne saurait adoucir la
douleur du sacrifice que je
m'impose, si je n'emportais
la consolation de penser que
c'est pour vous, que c'est à
vous qu'il est fait. Vous l'au-
riez refusé sans doute, car vous
êtes généreuse... mais je ne
veux la pitié de personne: pas
même la vôtre. Je ne voulais

que votre tendresse, que votre
amour, et je pars pour les
conserver.

» Mon nom est maintenant
le vôtre ; mais avant qu'un
mois soit écoulé, notre mariage sera rompu... Vous serez
libre... libre même de former
un nouveau lien. Vous seule
cependant saurez quelle est
ma destinée, et vous serez
maîtresse de n'en révéler que
ce que vous voudrez qu'on en

apprenne. Vous pourrez donc
ainsi porter mon nom, ou re-
prendre celui que vous avez
eu jusqu'ici. Le dirais-je,
pourtant ? Il me semble que
ce n'est qu'en prenant le nom
de mon épouse, que vous
pourrez répondre à l'empres-
sement curieux de la société,
et expliquer mon départ
d'une manière qui soit con-
venable ? croyez, toutefois,
que votre intérêt seul me dicte
ces réflexions, et non pas le

vain soin d'un nom qui n'est
pas peut-être sans quelque
gloire, qui se serait illustré en
devenant le vôtre, mais qui
doit, hélas! mourir avec moi
tout entier.

» J'ignore comment j'ai eu
assez de force pour tracer ces
lignes. Je ne l'espérais pas en
les commençant ; mais le ter-
me de mon courage est arrivé.
Mon cœur se brise, ma vue se
trouble, ma main tremble et

ne peut plus former que des
caractères illisibles. C'en est
fait, cette épreuve est plus
forte que mon courage : mes
larmes s'échappent, Émilie !
elles couvrent ce papier, et
puisqu'elles arrêtent ma plu-
me malgré moi, qu'elles soient
mon dernier interprète, et
vous disent tout ce que j'é-
prouve, mieux que ma main
n'eût jamais pu l'exprimer.
Adieu, chère et toujours
plus chère Émilie, adieu pour

la dernière fois, adieu pour jamais. »

A cette lettre était joint un paquet adressé à M. Pluvinet, avocat au parlement, et contenant entre autres papiers la pièce qui suit :

« D'après les conseils mêmes que vous m'avez donnés, mon digne ami, voici les arrangemens que je fais pour ma fortune. Je vous donne les pouvoirs les plus généraux pour en faire de mon vivant l'emploi suivant : ces dispositions seront mon testament après ma mort.

» Comme votre bien est assez grand pour vos goûts simples, je ne vous offrirai qu'un modeste souvenir de ma bonne et ancienne amitié, c'est ma bibliothèque formée par mon père, et la montre de Berthoud que je tenais de ma mère.

» Je donne aux pauvres de la paroisse de Saint-Louis des Invalides quatre mille livres de rente perpétuelle, et mille livres à M. Comte, son digne curé, auquel je demande de prier Dieu pour mon père, pour ma mère et pour moi.

» Je donne cent louis de rente viagère à l'abbé Géraud de l'Oratoire, mon ancien précepteur.

» Je donne tout mon mobilier à Gervais, et j'y ajoute cent pistoles de rente perpétuelle.

» Je donne à mon régiment une assignation de trois cents pistoles de revenu, sur la ferme générale, pour les familles des soldats morts ou blessés, et pour l'instruction des enfans de troupe.

» Je donne à mon ami César de Saint-H., s'il revient,

le produit de ma terre de Bel-
levue, en Picardie ; en atten-
dant son retour, le revenu
en sera distribué aux pauvres
du pays.

» Je réserve pour moi la
rente de deux cents pistoles,
dont le capital, ainsi que celui
des présentes fondations qui
ne sont pas perpétuelles, re-
viendra après moi à l'abbaye
de.... (ce nom n'était pas rempli.)

» Tout le reste de ma fortune appartient à madame Émilie de Nanteuil née de Surville , aujourd'hui comtesse de R.

» Paris, 15 juillet 1780.»

Le 7 août suivant, M. Pluvinet apporta à madame de R. un acte en forme régulière et contenant ce qui suit :

« Nous A. E. Rousselot, frère Hilarion, procureur de l'ordre royal, militaire et ré-

gulier de Notre-Dame-de-la-
Mercy, au nom de R. R. Dom
Torrès de la Navarra, général
et grand-maître du dit ordre,
déclarons que M. le comte
Louis Olivier de R. a pro-
noncé aujourd'hui des vœux
solennels dans celui des cou-
vens de l'ordre situé à Paris,
rue du Chaume, au Marais. Il a
pris le nom de frère *Emilien.*»

———

« Un mariage non consom-
» mé, quoique valablement

» contracté, est résolu de
» plein droit par l'entrée en
» religion de l'une des parties
» dans un monastère ap-
» prouvé. Dès que l'un des
» époux s'est engagé par des
» vœux solennels, celui des
» deux époux qui reste dans
» le monde peut contracter
» un nouveau mariage. »

(*Pothier, Jousse, Denisart.*)

FIN

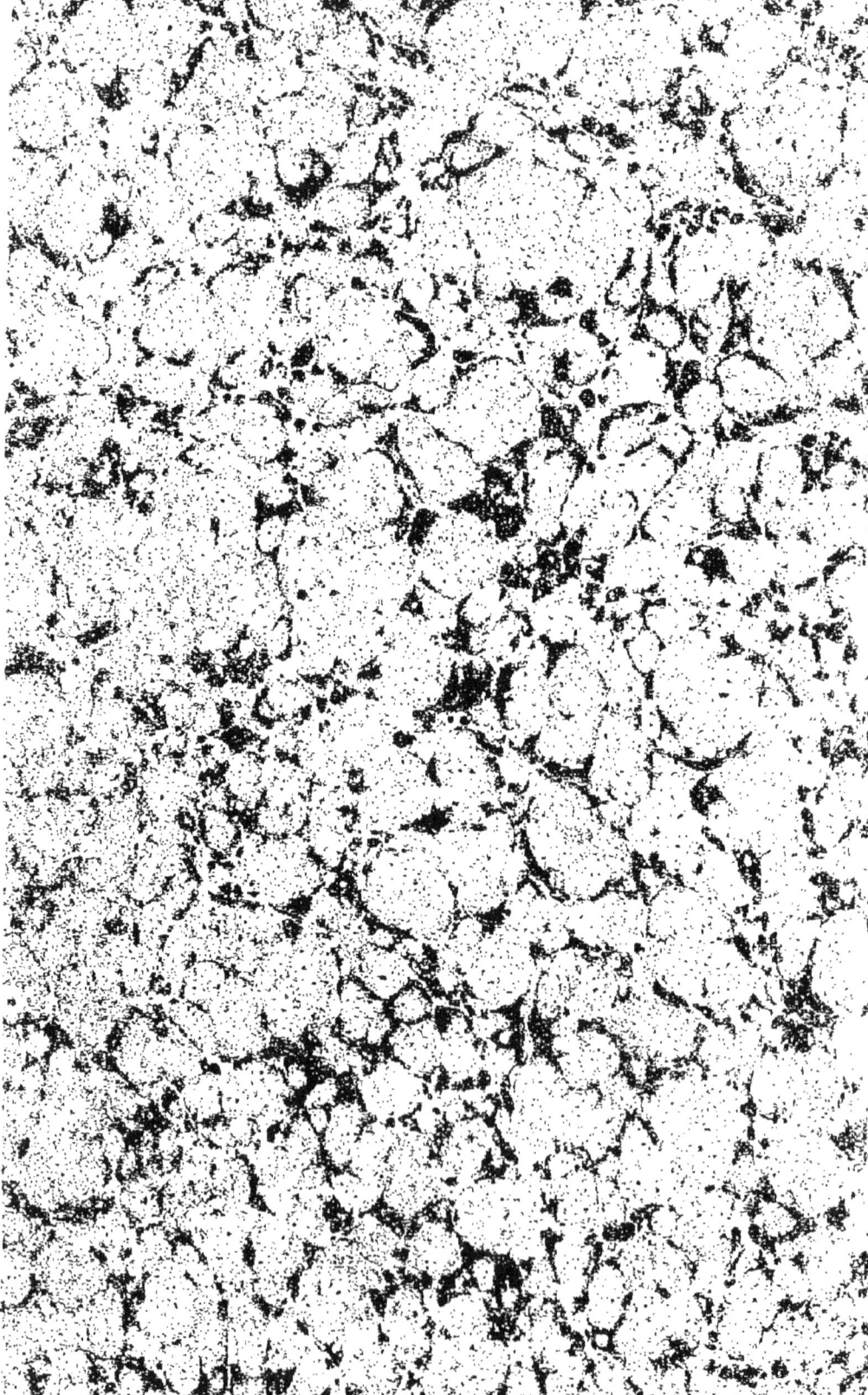

BIBLIOTHÈQUE NATIONALE DE FRANCE

ww.ingramcontent.com/pod-product-compliance
ghtning Source LLC
iambersburg PA
sHW061444030726
503CB00005B/1553